Collection
PROFIL LITTÉRATURE
dirigée par Georges Décote

Série
PROFIL D'UNE ŒUVRE

Le Hussard sur le toit

(1951)

GIONO

Résumé
Personnages
Thèmes

MAURICE MAUCUER
agrégé des lettres

HATIER

SOMMAIRE

© HATIER, PARIS, SEPTEMBRE 1995 ISSN 0750-2516 ISBN 2-218 71020-X

Édition de référence à laquelle renvoient les indications de pages entre parenthèses : Éditions Gallimard, collection « Folio », n° 240.

Titres à consulter
dans le prolongement de cette étude
sur *Le Hussard sur le toit*

Sur la maladie et la mort

– Camus, *La Peste*
(« 10 Textes expliqués », **159** ; L'apogée de la peste : les enterrements, chap. 4).
– Camus, *La Peste*
(« Profil d'une œuvre », **22** ; Chronique d'une épidémie, chap. 3).
– Giono, *Regain*
(« Profil d'une œuvre », **177** ; La vie et la mort, chap. 8).

Sur le thème de l'héroïsme et du dépassement de soi

– Stendhal, *La Chartreuse de Parme*
(« Profil d'une œuvre », **44** ; Fabrice, héros du roman, chap. 4).
– Anouilh, *Antigone*
(« Profil d'une œuvre », **24** ; Un idéal d'absolu, chap. 6).
– Corneille, *Le Cid*
(« Profil d'une œuvre », **133** ; L'héroïsme, chap. 7).

Sur l'Italie dans la littérature

– Musset, *Lorenzaccio*
(« Profil d'une œuvre », **27** ; Florence, une ville personnage, chap. 6).
– Musset, *Les Caprices de Marianne*
(« Profil d'une œuvre », **153** ; Un quartier de Naples, chap. 6).
– Stendhal, *La Chartreuse de Parme*
(« Profil d'une œuvre », **44** ; Stendhal et l'Italie, chap. 2).

Sur la question du point de vue

– Giono, *Un roi sans divertissement*
(« Profil d'une œuvre », **105** ; Importance du point de vue, chap. 6).
– Flaubert, *Un cœur simple*
(« Profil d'une œuvre », **173** ; Le point de vue, chap. 8).
– Mauriac, *Thérèse Desqueyroux*
(« Profil d'une œuvre », **9** ; Le jeu des points de vue, chap. 6).

Fiche profil

Le Hussard sur le toit (1951)

JEAN GIONO
(1895-1970)

ROMAN D'AVENTURES
XXe SIÈCLE

RÉSUMÉ

L'action se déroule sous la Monarchie de Juillet (1830-1848) à une date imprécise qu'on peut situer entre 1832 et 1845.
Au moment où se déclare dans toute la Provence une grave épidémie de choléra, Angelo se dirige vers la vallée de la Durance. Il traverse des villages dévastés par le fléau et se heurte aux barrages qui, pour éviter la contagion, interdisent l'accès des villes. Il descend alors sur Manosque.
Là, accusé d'empoisonner une fontaine, il échappe à la mort en se réfugiant sur les toits des maisons. Dans l'une d'elles, il rencontre une très jeune femme qui l'accueille sans frayeur, en dépit de son apparence inquiétante ; puis, dans le cloître d'un couvent désert, c'est une vieille nonne qu'il va aider pendant plusieurs jours à faire la toilette des cadavres. Enfin, dans les collines où se sont réfugiés les habitants de Manosque, il retrouve son frère de lait, Giuseppe, qui commande une milice d'ouvriers. Bien des jours passent, et le choléra poursuit ses ravages.
Angelo se met alors en route pour l'Italie, où il veut combattre pour l'indépendance de son pays. Il retrouve, arrêté à un barrage, la jeune femme de Manosque. Ils poursuivent ensemble une route semée d'embûches : obligés de se battre contre des soldats, enfermés dans une forteresse qui sert de quarantaine, attaqués par des villageois, ils parviennent à triompher des difficultés et approchent de Théus, but de la jeune femme, Pauline, marquise de Théus. Mais elle est soudain victime d'une attaque de choléra. Soignée par Angelo, elle échappe à la mort. Angelo reste quelques jours au château de Théus, puis il part pour l'Italie.

PERSONNAGES PRINCIPAUX

Angelo, 25 ans, fils naturel de la duchesse Ezzia Pardi, Piémontais. Colonel des hussards du roi de Sardaigne. Affilié à la société secrète des Carbonari (les Charbonniers) qui, depuis 1821, travaillaient au triomphe des idées libérales et à l'unification de l'Italie. Exilé en France, il a vécu deux ans à Aix-en-Provence.

Pauline, 23 ans environ. Fille d'un médecin de campagne, Pauline Colet a épousé le marquis de Théus, de 45 ans plus âgé qu'elle.

Giuseppe, fils de Thérésa, nourrice d'Angelo, il a le même âge que son frère de lait. Piémontais, hussard comme Angelo dont il était l'ordonnance, et cordonnier. Carbonaro lui aussi, il mène à Manosque une action révolutionnaire et il a autorité sur les ouvriers, organisés en une milice armée.

LES LIEUX

L'itinéraire d'Angelo part des Alpes de Haute-Provence (Banon, Sisteron, Manosque), passe à la limite du Vaucluse et par la Drôme pour le conduire enfin dans les Hautes-Alpes (Théus, au sud-est de Gap).

THÈMES

1. La mort, le mal
2. La liberté et la révolution
3. L'amour
4. L'honneur et le bonheur

TROIS AXES DE LECTURE

1. Un roman d'aventures
2. Une réflexion politique
3. Un roman d'amour

1 Vie et œuvre de Jean Giono (1895-1970)

L'ÉVEIL À LA LITTÉRATURE ET L'EXPÉRIENCE DE LA GUERRE (1895-1919)

Jean Giono naît en 1895, à Manosque, dans une famille modeste. Son père, d'origine piémontaise[1], est cordonnier, sa mère repasseuse. Dans l'atelier paternel, l'enfant admire les gestes précis de l'artisan et il l'écoute rêver, avec ses visiteurs, d'une société où l'homme serait libre et fraternel. Cependant les paysages de Haute-Provence éveillent son sens poétique de la splendeur du monde. Puis il découvre avec passion Homère et Virgile, les tragiques grecs et les classiques français. En 1911, la modicité des ressources familiales ne lui permettant plus de poursuivre des études, il trouve un emploi dans une banque de Manosque.

Mobilisé en 1914 il prend part, comme simple soldat, à des combats dont l'horreur fonde pour toujours son refus de la guerre.

DÉBUTS ET PREMIERS SUCCÈS LITTÉRAIRES (1920-1934)

Démobilisé en 1919, il reprend en 1920 son travail à la banque de Manosque. C'est l'année de son mariage, et celle du décès de son père, qui fut pour lui une figure

1. Piémont : région située au nord-ouest de l'Italie, au pied des Alpes, ville principale: Turin.

marquante. Il se passionne pour la musique, admire Bach et Mozart, et commence à publier, dans une revue régionale, des poèmes en prose inspirés d'Homère ou de Virgile.

Bientôt l'écrivain s'affirme, en 1925 avec *Naissance de l'Odyssée*, en 1929 avec *Colline*, premier volet d'une *Trilogie de Pan* que complètent *Un de Baumugnes* (1929) et *Regain* (1930). *Colline*, qui suscite l'admiration d'André Gide, assure à Giono un éclatant succès. En 1931, *Le Grand Troupeau* rappelle l'horreur de la guerre de 1914 ; en 1932, *Jean le bleu* évoque en la romançant l'enfance à Manosque. *Le Serpent d'étoiles* (1933) et *Le Chant du monde* (1934) créent l'image poétique d'une Provence à la fois magique et violente, magnifique et primitive.

LA PRÉDICATION DES VRAIES RICHESSES (1935-1946)

De 1935 à 1939, Giono rassemble au hameau du Contadour, au nord de Banon, des artistes et des intellectuels qu'unissent leur pacifisme et leur hostilité au fascisme. Tout en continuant son œuvre romanesque (1935 : *Que ma joie demeure* ; 1937 : *Batailles dans la montagne*), Giono dirige la publication annuelle des *Cahiers du Contadour*, où s'expriment la nostalgie d'une vie paysanne, proche de la terre et de ses réalités simples, et l'opposition à la civilisation industrielle et urbaine, accusée de ruiner les valeurs fondamentales de l'homme. L'écrivain résume sa pensée dans *Les Vraies Richesses* (1936).

Sa prédication pacifiste et antimilitariste vaut à Giono deux mois d'emprisonnement en 1939, quand éclate la Seconde Guerre mondiale. Libéré sur une intervention d'André Gide, Giono se consacre à son œuvre et s'essaye au théâtre avec *Un voyage en calèche* (1943), dont la représentation est interdite par la censure allemande. En 1944, à la Libération, Giono est pour la seconde fois emprisonné, pendant sept mois, pour collaboration avec l'occupant ; ainsi interprétait-on son pacifisme. En faisant l'éloge d'une vie rurale attachée aux valeurs du passé, il semblait aussi avoir inspiré la politique du gouvernement de Vichy.

LE TEMPS DES CHRONIQUES (1947-1970)

Giono reprend en 1947 la publication de son œuvre, avec des récits d'un style et d'un ton nouveaux, où la critique découvre une « seconde manière ». C'est le temps des *Chroniques* : *Un roi sans divertissement* (1947), *Les Âmes fortes* (1949), *Les Grands Chemins* (1950), *Le Moulin de Pologne* (1952), *Ennemonde et autres caractères* (1968), *L'Iris de Suse* (1970). Loin désormais de tout souci de prédication, l'écrivain y peint des caractères et des destins hors du commun.

Dans cette série, *Noé* (1948) constitue un cas particulier. Cette chronique est, selon le mot de Giono, le roman du romancier ; elle offre en effet de précieux éclairages sur une création romanesque marquée par la puissance de l'imagination. Il faut faire également une place à part au *Hussard sur le toit* (1951) et aux romans qui se construisent et s'ordonnent autour de la figure d'Angelo Pardi : *Mort d'un personnage* (1949), *Le Bonheur fou* (1957), *Angelo* (1958). Militaire et aristocrate, le hussard s'oppose, à première vue, aux personnages rustiques des romans d'avant-guerre. En lui, Giono incarne un rêve d'aventure héroïque et de vie romanesque. Pourtant la grandeur d'âme de ce jeune noble le rend plus proche qu'il ne paraît des paysans aux fortes passions, de ces seigneurs de la terre qui ont été longtemps les personnages préférés du romancier. Giono reste, avec *Le Hussard sur le toit*, le peintre des êtres d'exception.

Jean Giono meurt à Manosque en octobre 1970. Il était membre de l'Académie Goncourt depuis 1954.

2 Résumé

Chapitre premier

Angelo a dormi à la belle étoile sur une haute colline. À l'aube, il selle son cheval et descend, par une chaleur déjà étouffante, jusqu'à une ferme ; une paysanne lui offre du café et lui indique la route de Banon[1]. En chemin, traversant un paysage inhumain, il évoque ses souvenirs de l'armée de Sardaigne[2], où le commandement qu'il exerçait le séparait du monde et l'empêchait d'en découvrir l'hostilité. Après avoir longtemps cherché de l'eau pour son cheval, il fait halte dans une auberge et y déjeune.

L'après-midi, tandis qu'Angelo fait route pour Banon, une épidémie de choléra commence à ravager la Provence. À la Valette, une domestique de madame de Théus meurt brutalement. À Carpentras, un médecin juif fait partir sa femme et sa fille pour la Drôme, plus aérée. À Toulon, un médecin inspecteur de la Marine tente en vain d'alerter le commandant de la place.

Vers le soir, Angelo arrive à Banon et s'arrête dans un hôtel ; il y prépare lui-même son repas et sent se calmer les coliques dont il a souffert en route ; il boit quatre bouteilles de vin et s'endort tout habillé.

Chapitre II

Le lendemain, Angelo laisse reposer son cheval, mange, boit, fume et dort à nouveau. Puis il demande la route du château de Ser et quitte Banon à quatre heures du matin. Vers neuf heures, il aperçoit les toits du hameau des Omergues. En approchant des maisons, il est surpris par une odeur nauséeuse. Il découvre alors le premier cadavre : une jeune femme aux longs cheveux dénoués. Angelo, glacé, s'oblige à mettre pied à terre ; son cheval s'enfuit.

---

1. Voir carte p. 37.
2. De 1721 à 1860, la Sardaigne forme, avec la Savoie et le Piémont, les États sardes, gouvernés entre 1831 et 1849 par le roi de Sardaigne Charles-Albert.

Dans la première maison, Angelo découvre trois cadavres ; il sort, pris d'un malaise ; puis visite le reste du hameau où un même spectacle l'attend. Il s'interroge sur ce drame mystérieux, quand survient un cavalier ramenant par la bride son cheval échappé. C'est un jeune médecin, qui lui apprend l'épidémie de choléra. Avec lui, Angelo trouve dans l'une des maisons un homme à l'agonie qu'ils tentent en vain de sauver. Pendant la nuit, un enfant, venu chercher des secours, doit lui-même être soigné d'urgence. Angelo lui fait un lit avec son linge et son manteau, aide le médecin, frictionne l'enfant, qui meurt au lever du jour. Le médecin – « le petit Français » – est victime à son tour du choléra et meurt vers le soir malgré les soins d'Angelo.

Chapitre III

Des soldats chargés d'enterrer les morts arrivent dans la matinée. Angelo parle d'un ton sec à leur capitaine qui, de colère, l'injurie et dégaine ; Angelo le désarme, monte en selle et part au galop. Il passe au château de Ser qu'il trouve désert et approche à la fin du jour de la vallée de la Durance. Il se heurte alors à une barricade gardée par un forçat. Angelo le désarme, lui achète un peu de nourriture et poursuit sa route au galop.

En pleine nuit, dans une odeur écœurante, il approche d'un bûcher où l'on brûle les morts de Sisteron. L'homme de garde auprès du bûcher, soulagé par la présence d'Angelo, marche un moment avec lui, puis lui indique la direction de Marseille. Mais Angelo revient sur ses pas pour porter secours à un forçat qu'ils ont trouvé sur leur chemin, étendu sur le sol. Après l'avoir cherché en vain, il commence à faire route au sud.

Chapitre IV

Angelo se reproche de n'être pas resté aux Omergues pour enterrer le petit Français, de n'avoir pas su retrouver le forçat peut-être encore en vie. Soudain des bruits furtifs dans la nuit lui révèlent des présences. À voix haute, il propose son aide. Une jeune femme, vêtue avec élégance, lui répond. Elle est accompagnée de deux enfants dont elle est la préceptrice. Arrêtés aux barrières de Château-Arnoux où elle espérait louer un cabriolet, ils ont été refoulés dans les bois. Avec Angelo, ils contournent Château-Arnoux. Au lever du jour, Angelo, barbu, sale et portant une chemise déchirée, s'inquiète de la méfiance qu'il peut inspirer et tente de rassurer la jeune femme. À la porte d'une ferme barricadée, il négocie, sous la menace d'un fusil, l'achat d'un peu de nourriture.

La jeune femme décide de s'arrêter au poste de gendarmerie de Peyruis, comptant sur le nom de M. de Chambon, père des enfants, pour obtenir un cabriolet. Angelo reste avec eux ; les gendarmes emmènent son cheval et les conduisent tous les quatre dans une grange pour une quarantaine[1] de trois jours. Bientôt, dans la grange, une jeune femme est victime d'une attaque de choléra. Aidé d'un vieux monsieur, Angelo lui prodigue des soins sans pouvoir la sauver. Plusieurs personnes meurent encore. Angelo décide de sortir de la grange en désarmant la sentinelle. Une dizaine de personnes le suivent, mais la jeune préceptrice préfère attendre le cabriolet promis par les gendarmes. Après trois heures de marche, Angelo arrive devant une auberge.

Chapitre V

Dans la salle de l'auberge, on chante, on rit, on boit ; les femmes ont abandonné toute pudeur. Angelo, choqué, se fait servir à l'écart. Derrière lui s'ouvre la porte de l'écurie ; il y voit des boggeys[2] : l'aubergiste lui vend celui d'une cliente ; guidé par son fils, Angelo retourne à la quarantaine de Peyruis. Mais il n'y retrouve que des cadavres, dont ceux de la jeune femme et des deux enfants. Dehors, le boggey a disparu. Furieux, Angelo regagne à pied, dans la nuit, l'auberge qu'il atteint au lever du jour. Elle est déserte ; dans la salle, il voit le cadavre de la jeune femme qui riait « quelques heures avant ».

Angelo marche vers le sud, suivant le cours de la Durance. Pistolet au poing, il oblige un cavalier à lui laisser son cheval.

---

1. Quarantaine : 1) isolement imposé aux voyageurs suspects d'être contagieux ; 2) lieu où on les isole.
2. Boggey : voiture légère à deux roues, attelée d'un seul cheval.

Plus loin, une femme sort d'une maison et l'appelle ; il l'aide à maîtriser un malade qui se débat. L'homme meurt entre ses bras ; cependant, dans son fauteuil, un vieillard sourit, heureux d'avoir pu s'approprier la pipe du mort. Angelo reprend la route et arrive à Manosque à la tombée de la nuit.

Chapitre VI

Aux abords de Manosque, Angelo se heurte à un barrage que gardent des habitants de la ville. Il contourne l'obstacle en longeant les murs de Manosque. Libérant alors son cheval, il entre dans la ville et s'apprête à se laver à une fontaine quand il est ceinturé par des hommes qui l'accusent d'avoir empoisonné la fontaine et veulent le pendre. Un policier obtient qu'on le conduise à un corps de garde. Interrogé, Angelo déclare qu'il est piémontais. Le policier le fait sortir par l'arrière du poste.

Angelo part à la recherche d'un Piémontais[1] nommé Giuseppe. Il s'arrête chez un marchand de vin pour boire et s'informer. Mais, remarqué et suspecté, il doit s'enfuir. Il se dissimule dans un coin de porte. La porte cède sous sa main. Au premier étage, il découvre le cadavre d'une très jeune femme aux magnifiques cheveux dénoués. Un gros chat gris s'attache aux pas d'Angelo, qui visite le deuxième étage, puis monte au dernier : une terrasse couverte. Là, contemplant la ville sous un ciel chargé d'étoiles, Angelo médite sur le choléra, et sur la révolution. La duchesse Ezzia Pardi, dont il est le fils naturel, lui a acheté une charge de colonel dans la cavalerie du roi de Sardaigne ; affilié à la société secrète des *Carbonari*[2], il s'est refusé à obéir aveuglément aux ordres : chargé d'assassiner le baron Swartz, espion autrichien qui les trahissait, il a jugé plus chevaleresque de le provoquer en duel.

Réveillé par le soleil, Angelo découvre le spectacle des toits de Manosque. Un cri monte de la rue. Penché au-dessus du vide, Angelo voit un groupe d'hommes et de femmes tuer un homme à coups de talons. Il sait dès lors

1. Voir note 1, p. 7.
2. Voir note 2, p. 19.

qu'il ne peut plus descendre dans la rue. Suivi du chat, il se met en quête de nourriture. Il ôte ses bottes pour s'avancer sur les toits, maîtrisant difficilement son vertige et obligé de se défendre contre les assauts des oiseaux. Parvenu à une autre terrasse, il descend d'étage en étage jusqu'à une remise où il se charge de quelques provisions ; il entend les occupants de la maison parler d'une comète, d'un nuage en forme de cheval. Revenu sur le toit, il découvre un nouvel aspect de la ville. Sur la place de l'église des hommes agonisent. Des tombereaux passent, chargés de cadavres. Des femmes crient, croyant voir la comète, ou le cheval. On entend des coups frappés à la porte de l'église, des appels à la Sainte Vierge. Troublé, Angelo se sent dans « un moment critique ». Assailli par les hirondelles, il connaît une nuit pénible, livrée aux cauchemars. À l'aube, on entend à nouveau rouler les tombereaux dans les rues. Tandis qu'Angelo erre sur les toits, une femme l'aperçoit et crie qu'elle voit « le mal ». Il décide de gagner un autre quartier de toitures.

Le lendemain, à l'aube, Angelo franchit une ruelle en s'aidant d'une échelle. Il est maintenant sur les toits de maisons bourgeoises. Par une lucarne, il voit dans un grenier des objets, des meubles, des vêtements qui reflètent une vie d'autrefois, élégante et aisée ; un sabre de cavalerie lui rappelle le duel que, par une générosité imprudente, il a offert au baron Swartz. Tandis que règne sur la ville l'épouvantable odeur des bûchers, monte du « beau grenier » une odeur délicate qui évoque douceur et tendresse. Angelo se glisse par la lucarne et, la nuit venue, descend dans la maison. Une très jeune femme, tenant un chandelier, ouvre une porte ; il se présente : « Je suis un gentilhomme », puis explique sa présence. Introduit dans un salon, il se voit dans une glace : sale, en habits déchirés. Sans manifester de peur, la jeune femme lui offre du thé, un peu de fromage et de miel, du pain. Elle lui demande son âge : il a vingt-cinq ans. Remonté dans le grenier, Angelo s'inquiète : le chat, et lui-même, auraient-ils pu la contaminer ?

Chapitre VII

Angelo sort du grenier avant le jour et regagne les toits. Il se dirige vers un petit clocher qui domine un couvent. Il descend dans l'église, entre dans le cloître : tout est désert ; seule une vieille nonne est restée, qui fait manger Angelo et le revêt de l'habit blanc de ceux qui charrient les cadavres. Elle l'emmène dans les rues, le fait entrer dans les maisons où des malades sont à l'agonie. Elle apaise les mourants, fait la toilette des morts. Plusieurs jours durant, Angelo, stupéfait et séduit, la voit, par des gestes simples, ôter à la mort « son côté diabolique ». Il aide la nonne à laver les morts, qu'elle veut préparer pour la résurrection. Il se sent heureux dans cette tâche. Il la juge inutile et elle lui répugne ; mais elle lui permet d'éprouver son courage, et de « travailler à sa propre estime ». C'est sans doute aussi par orgueil, pense-t-il, qu'il s'est engagé dans la lutte pour la liberté de son pays, jusqu'à tuer un homme.

S'inquiétant à nouveau de Giuseppe, Angelo interroge la nonne : mais elle ne connaît pas ce cordonnier piémontais. Un matin, rappelée par sa supérieure, la nonne quitte le couvent. Resté seul, Angelo traverse Manosque déserte. Il trouve enfin, encore ouverte, la boutique d'un drapier.

Chapitre VIII

Le drapier lui apprend que la ville a été évacuée. Angelo gagne les collines à la recherche de Giuseppe. Il interroge une marchande de tabac, un boulanger, enfin un cordonnier, Féraud, qui lui indique la colline des amandiers où campe Giuseppe.

À la tombée de la nuit, les collines s'embrasent de feux. Au passage d'un ravin, Angelo est guidé par « une main osseuse » ; il entend des voix, des pas. Son imagination s'enflamme ; mais la réalité est simple : ce sont les feux des campements, ce sont des femmes qui vont prier ; Angelo se reproche de toujours dramatiser. Il passe à côté d'une assemblée en prière. Plus loin, un jeune garçon lui propose de le guider et lui raconte les prodiges observés depuis le début de l'épidémie. Un jeune ouvrier posté en sentinelle sur la colline des amandiers conduit enfin Angelo auprès de Giuseppe et de sa femme, Lavinia.

Chapitre IX

Sous les ordres de Giuseppe, les ouvriers sont organisés en une milice armée et disciplinée. Giuseppe remet au jeune homme une lettre de sa mère, la duchesse Ezzia Pardi. Celle-ci se dit fière de la conduite imprudente de son fils et lui recommande de continuer à faire « des folies ». Elle s'amuse de la subtile diplomatie qu'elle doit déployer à Turin depuis le duel d'Angelo et se moque de l'espionnage dont elle est l'objet de la part de la police. Elle lui fait parvenir de l'or par Giuseppe, qui est son frère de lait[1].

Apprenant les aventures d'Angelo avec « le petit Français », Giuseppe lui reproche d'avoir, par une vaine générosité, sacrifié linge et manteau. Il lui fait tailler des habits assez chauds pour traverser, s'il le faut, les Alpes en hiver.

Cependant des journées d'une chaleur insupportable sont suivies d'une pluie diluvienne qui ravage les campements et inonde la ville. Des cas d'un choléra foudroyant se déclarent. En tentant de porter secours aux malades, Angelo mécontente Giuseppe, qui ne cache pas sa peur ; et la colère conduit les deux frères de lait à s'affronter aux poings en un brutal combat. Giuseppe et une partie de sa troupe décident de quitter la colline des amandiers pour gagner plus haut un vallon aéré. Mais le choléra continue à frapper. Désormais les parents des victimes sont chassés du camp. Pour justifier cette mesure qui suscite une forte émotion, Giuseppe prend la parole et souligne la nécessité de se prémunir contre la contagion. Voyant sa peur, Angelo conseille à Giuseppe un départ pour l'Italie.

Chapitre X

Le choléra se déchaîne, le départ est décidé. Angelo partira le premier ; il retrouvera Giuseppe et Lavinia à Sainte-Colombe, dans la Drôme. Giuseppe prépare les armes d'Angelo, charge ses pistolets et lui remet un petit sabre ; Angelo achète un cheval dans une ferme. Nous sommes aux derniers jours de septembre.

---

1. Frères de lait : l'enfant de la nourrice et le nourrisson qu'elle a allaité en même temps.

Peu après son départ, parvenu à la grand-route, Angelo est arrêté par une barricade tenue par des soldats. Une vingtaine de personnes attendent ; parmi elles, Angelo retrouve la jeune femme rencontrée la nuit dans une maison de Manosque. Il lui propose de contourner avec lui l'obstacle en passant par les crêtes. Quand ils en redescendent, ils doivent affronter trois dragons[1] qu'Angelo, armé de son sabre, désarçonne ou met en fuite ; la jeune femme, pistolet au poing, est restée ferme. La nuit venue, ils bivouaquent à la lisière des bois. La jeune femme souhaitant se rendre chez sa belle-sœur, à Théus près de Gap, Angelo décide de l'accompagner : Théus est sur la route de l'Italie. Au matin, alors qu'il est parti chercher de l'eau, Angelo entend un coup de feu, revient auprès de la jeune femme qu'il trouve tremblante ; elle a tiré sur un corbeau qui l'a frappée du bec.

Le temps tourne à la pluie. Ils partent par les crêtes, redescendent en vue d'un vignoble ; près d'une fontaine, un homme armé d'un fusil leur interdit d'approcher, mais accepte de leur puiser lui-même l'eau dont ils ont besoin. Plus loin, passe, arrogant, un capitaine ; ils découvrent un peu plus tard son cadavre couché sur la route. Ils font halte pour soigner leurs chevaux. Un paysan s'approche, leur vend de la tisane contre le choléra et leur indique le chemin pour Sainte-Colombe, en leur précisant les positions des soldats. Suivant ses conseils, ils arrivent à l'auberge de Montjay à la tombée de la nuit. Angelo prête à la jeune femme des bas de laine, lui donne des conseils pour éviter d'être écorchée par les longues traites à cheval. Elle lui apprend que, fille d'un médecin de campagne qu'elle accompagnait dans ses tournées, elle est une cavalière confirmée ; alors Angelo déclare que, quoique homme et femme, ils sont bien « deux camarades ». Il va coucher dans l'écurie à côté de leurs chevaux. Un autre voyageur fait de même et lui raconte les excès – carnavals ou banditisme – que déchaîne le choléra.

1. Dragons : soldats de la cavalerie de ligne (destinée à former le corps de bataille) ; les hussards sont des soldats de la cavalerie légère.

Chapitre XI

Le lendemain, l'aubergiste leur indique un chemin qui évite les postes de garde, mais ils se perdent. À la tombée du soir, ils s'arrêtent devant une maison isolée. Un paysan les introduit dans sa maison. On vient d'y tuer le cochon ; l'odeur du sang, la chaleur du feu donnent un malaise à la jeune femme qui doit sortir. Angelo la fait s'étendre, la couvre, prend soin d'elle. Tandis qu'ils prennent leur repas, le paysan vient leur parler et raconte un prodige dont il a été témoin : une armée de corbeaux manœuvrant comme à la parade, avant de se rendre sur les lieux où sévit le choléra.

Le matin suivant, Angelo et la jeune femme descendent au village proche. Cernés par les dragons, ils sont conduits sous escorte à Vaumeilh où la quarantaine est installée dans un château-fort devenu couvent. Une nonne, qui s'intéresse de très près au châle de cachemire de la jeune femme, les enferme dans la tour. Au sommet de l'escalier, ils débouchent dans une salle où campent déjà une trentaine de personnes. Perdant confiance en elle, la jeune femme prend peur à la pensée de partager cette vie dégradante. Angelo décide leur évasion. Forçant une porte de l'étage inférieur, ils gagnent le jardin du couvent. Il ne leur reste plus qu'à sauter les quatre mètres du rempart, la nuit venue.

Il a fallu abandonner les chevaux. Ils marchent en direction du nord, puis, renonçant au rendez-vous avec Giuseppe, vers l'est. « Je m'appelle Pauline », dit la jeune femme ; « Je m'appelle Angelo », répond-il. Après six heures de marche, ils s'arrêtent pour se reposer, se témoignant une sollicitude réciproque.

Chapitre XII

À son réveil, Angelo a repéré, tout proche, un hameau apparemment paisible où ils restent deux jours. Mais le second jour, un vieillard trop curieux éveille leurs soupçons : Angelo et Pauline hâtent leur départ et soudain, menacés par les paysans dont l'un s'est armé d'un fusil, ils font face. Ses deux pistolets à la main, Angelo les fait reculer ; Pauline tire et en blesse un. Angelo négocie alors l'achat d'un mulet pour porter leurs bagages et ils s'éloignent au plus vite.

Plus loin, ils rejoignent un piéton qui leur raconte son histoire. Clarinettiste à l'Opéra de Marseille, après s'être cru lui-même victime d'une attaque de choléra, il a fui la ville vers la fin août ; il marche depuis deux mois pour gagner la montagne. Tous les trois font route jusqu'aux murs de Saint-Dizier, qu'ils contournent du côté des bûchers, moins surveillé. Le musicien les quitte ; Angelo et Pauline, qui avoue sa fatigue, s'arrêtent dans le sous-bois. Pauline remarque que le clarinettiste s'est toujours tenu à distance, sans doute par peur de la contagion ; elle s'étonne qu'Angelo ne montre envers elle aucune crainte : « Nous sommes des compagnons », dit-il.

Au lever du jour, la pluie menace, il faut trouver un abri. Ils parviennent sous l'averse à une vaste maison déserte. Ils y découvrent une cave d'où ils remontent quelques bouteilles. Une polenta[1] arrosée de beaucoup de vin les incline à des confidences. Angelo apprend que Pauline est mariée à un homme de soixante-huit ans, qu'elle aime. Elle raconte comment, fille d'un médecin de Rians, elle a aidé son père à recueillir et soigner cet homme, blessé au cours d'une escarmouche avec les gendarmes, et comment, l'ayant épousé, elle est devenue marquise de Théus. Angelo de son côté évoque sa mère, Giuseppe et Thérésa, Lavinia, la Charbonnerie[2], son duel avec le baron Swartz, les deux ans passés à Aix. Ils prennent pour dormir deux chambres qui se font face, mais, pour mieux protéger Pauline, Angelo vient se coucher en travers de sa porte.

Chapitre XIII

De bon matin, Pauline accepte de monter sur le mulet. Ils traversent pendant plus de trois heures des étendues désertes sous des averses glacées. Angelo cherche un abri dans un hameau. Tandis que la pluie redouble, un homme vient les inviter à se sécher et se réchauffer chez lui. Comme Angelo parle de choléra, l'homme, un ancien

---

1. Polenta : bouillie de farine de maïs.
2. La Charbonnerie : mouvement révolutionnaire italien qui prônait, au XIXe siècle, l'unité nationale et l'émancipation du peuple. Ses membres s'appelaient les *Carbonari*, « charbonniers » en italien (voir aussi note 1, p. 29, 49).

médecin, dénonce « une épidémie de peur » et expose ses vues sur cette maladie qui, dit-il, exacerbe l'égoïsme. Il partage avec eux un civet auquel ni Angelo ni la jeune femme, en dépit de leur prudence, ne peuvent résister. Comme Angelo revient sur le sujet du choléra, leur hôte brosse un tableau à la fois clinique et fantastique du mal. Observateur perspicace, il a deviné la tendresse qui rapproche les deux jeunes gens et qui les conduirait à se sacrifier l'un pour l'autre.

Chapitre XIV

Angelo et Pauline sont à dix lieues[1] de Gap. Ils passent la nuit chez le médecin, près du feu. Le lendemain matin, ils se dirigent vers les montagnes. Angelo restera à Théus « le temps d'acheter un cheval » et Pauline lui promet de porter une robe longue, comme la nuit de leur première rencontre. Après une halte au cours de laquelle elle s'assoupit, ils poursuivent leur route jusqu'à la tombée de la nuit. C'est alors que Pauline est terrassée par le choléra. Toute la nuit Angelo lutte pour la sauver, tente de la réchauffer, la frictionne ; arrachant les vêtements de la jeune femme, il poursuit, sans espoir, ses soins ; il s'endort enfin, épuisé, la joue sur le ventre de Pauline.

Réveillé par le jour, il découvre que la crise s'apaise, Pauline s'inquiète pour lui et, pour la première fois, le tutoie. Le matin suivant, Angelo fait transporter Pauline au relais de poste voisin. Les vêtements de Pauline une fois réparés, les deux jeunes gens partent pour le château de Théus. Le marquis en est absent. Sa sœur, la vieille marquise de Théus, converse longuement avec Angelo ; il lui parle « de peuple et de liberté [...] comme il l'aurait fait à sa mère ». Pauline porte chaque soir une robe longue. Angelo achète un cheval et, trois jours plus tard, galope vers l'Italie.

---

1. Une lieue vaut en principe 4 km; mais Giono use du mot avec une grande liberté, parfois comme un simple équivalent du mot «kilomètre».

3 La genèse du Hussard sur le toit

LES ORIGINES PIÉMONTAISES

Jean-Baptiste Giono, grand-père du romancier, était né au Piémont en 1795. D'après la tradition familiale, il avait été affilié à la Charbonnerie[1], avait dû déserter l'armée, quitter Turin et gagner la France ; en 1835, il s'était engagé comme infirmier à l'hôpital militaire d'Alger, pour soigner les cholériques, croyait le romancier. Né exactement un siècle après son grand-père, Jean Giono n'avait pu le connaître ; mais ce qu'il avait appris de sa vie inspire évidemment celle qu'il imagine pour Angelo Pardi. « Voilà d'où sont venus Angelo et l'Italie », écrit-il en 1956. Mais à cette donnée familiale Giono fait subir une totale déformation : Jean-Baptiste Giono n'était pas colonel de hussards et n'avait rien d'un aristocrate.

LE MODÈLE STENDHALIEN

L'Italie et Angelo viennent aussi de Stendhal, et particulièrement de *La Chartreuse de Parme* (1838). Comme Fabrice del Dongo, le héros de Giono est un aristocrate mais aussi un bâtard ; comme lui, il rêve d'amitié chevaleresque, d'exploits héroïques et de beaux gestes ; comme lui, il aime les moments d'émotion qui l'exaltent et le mettent « au comble du bonheur » ; comme lui, il connaît l'exil. Fabrice porte à Waterloo un uniforme de hussard, propose de payer le pain qu'on lui offre, provoquant étonnement et méfiance ; il arrange des petites phrases qu'il croit bien françaises et qui dénoncent aussitôt son origine étrangère. Angelo est un hussard, et il commet en France

1. Voir note 2, p. 19.

de semblables maladresses de langage et de ton. Il partage encore l'inexpérience de Fabrice devant la mort et la vue du premier cadavre trouvé sur son chemin le glace lui aussi d'horreur. D'autres détails apparaissent comme autant d'emprunts au roman de Stendhal et surtout à ses quatre premiers chapitres. Il faut relever également la connivence du narrateur avec le héros : il partage son point de vue et ses pensées, mais avec une distance critique et ironique qui lui permet de voir en son personnage plus clairement qu'il ne voit en lui-même. De cette imitation, Giono ne se cachait pas.

Mais le destin d'Angelo s'inscrit dans une époque, dans un lieu et des circonstances qui le rendent profondément original. Vingt ans environ après Waterloo et sensiblement plus âgé que ne l'était alors Fabrice, Angelo affronte un fléau plus mystérieux que la guerre ; et l'amour ne sera à aucun moment le mobile, au moins conscient, de sa conduite.

L'ARIOSTE

Les héros de l'Arioste[1] sont aussi familiers à Angelo qu'à Fabrice. L'Arioste est cité six fois dans *Le Hussard sur le toit*. Ses personnages de « guerriers empanachés » (p. 216) hantent l'imagination d'Angelo qui croit les voir dans le soleil meurtrier du terrible été provençal, comme dans les flammes et les fumées des collines de Manosque ; il les reconnaît sur un paravent brodé ou bien il dessine, pour une tapisserie imaginaire, une Angélique souriante et une Bradamante aux yeux tendres qui le regarderaient marcher à la mort.

« J'ai l'âme folle, avoue Angelo. [...] Il me faut l'Arioste. Là, oui, je suis à mon aise » (p. 458). L'Arioste fournit à Angelo un modèle de grandeur héroïque et d'aventures hors du commun. Il offre surtout à Giono le personnage de la guerrière intrépide qu'incarne Pauline, nouvelle Bradamante

---

1. L'Arioste : poète italien (1474-1533), auteur du *Roland furieux*, poème héroï-comique. Bradamante est une héroïne guerrière, Angélique une jeune femme tendre et capricieuse.

dont la vaillance, l'adresse aux armes et les qualités de cavalière égalent celles d'Angelo, son chevalier servant.

LE CYCLE DU HUSSARD

À en croire Giono, le personnage d'Angelo lui aurait été donné, dès 1933, comme une apparition en pleine rue de Marseille, celle d'« un cavalier qui semblait un épi d'or sur un cheval noir ». *Noé*, en 1948, évoque cette surprenante rencontre d'où auraient surgi en quelques instants, dans l'imagination du romancier, les premières aventures du héros. Publié en 1958, *Angelo*, qui conte ces premières aventures, aurait été écrit, selon la Préface de Giono, en quelques jours de l'année 1933.

Il semble pourtant plus probable que la création de ce personnage, sous le nom et avec le caractère que nous lui connaissons, n'est pas antérieure à 1943. Les souffrances et les ravages de la Seconde Guerre mondiale, mais aussi les épreuves subies personnellement par Giono à la Libération transparaissent dans l'existence imaginaire qu'il construit autour de la figure d'Angelo.

Les possibilités que lui offre ce personnage, héros romanesque par excellence, conduisent alors Giono à concevoir un vaste ensemble de dix romans centrés sur Angelo et sur Pauline et traçant parallèlement la vie, cent ans plus tard, de leur petit-fils. Mais Giono renoncera à cette ambitieuse composition, dont il n'a écrit que des fragments. *Le Bonheur fou* (1957) est la suite du *Hussard sur le toit* (1951) ; il raconte la part prise par Angelo aux combats pour l'indépendance et l'unité de l'Italie, jusqu'au moment où, tuant en duel Giuseppe qui l'a trahi, il tente de regagner la France. L'action d'*Angelo* (1958) précède au contraire celle du *Hussard sur le toit* et suit le héros depuis son départ précipité de Turin, après qu'il a tué en duel le baron Swartz. *Mort d'un personnage* (1949) est le récit, par le petit-fils d'Angelo et de Pauline, de la mort de sa grand-mère. Détaché d'un ensemble que Giono n'a pu réaliser, *Le Hussard sur le toit* trouve son autonomie. Les autres textes où paraît Angelo constituent désormais une libre variation sur le destin de ce personnage, sans souci d'une parfaite cohérence dans les événements et la chronologie.

4 Structures

UN ITINÉRAIRE

Le roman retrace un itinéraire[1]. Il suit le déplacement du héros en Haute-Provence, des environs de Banon jusqu'à Théus, près de Gap. La dernière page nous le montre quittant Théus pour l'Italie.

Ce déplacement s'effectue en grande partie à cheval. Excellent cavalier, Angelo n'est piéton que contraint et forcé. Quand il perd son cheval ou qu'on le lui prend, il a hâte de s'en procurer un autre, au besoin en le volant. Mais qu'il chevauche ou qu'il marche n'a pas d'incidence sensible sur le rythme du récit et le cours des événements.

Les obstacles

Les obstacles rencontrés commandent au contraire des modifications déterminantes du parcours. Les barrages aux portes de Sisteron détournent Angelo vers le sud : il descend sur Manosque où rien, d'abord, ne semblait l'appeler. Plus tard, en route pour Sainte-Colombe où il doit retrouver Giuseppe, il s'égare et tombe dans la « souricière » (p. 362) d'une patrouille de dragons. S'évadant de la forteresse de Vaumeilh, il renonce au rendez-vous et prend la direction de l'est pour atteindre le château de Théus.

Ainsi, le roman se construit sur le modèle d'un jeu de l'oie : les aléas du parcours entraînent retours, détours, retards. Quatre fois, le héros est mis dans l'impossibilité d'avancer : à Peyruis, à Manosque (à son entrée dans la ville, puis sur les toits), à Vaumeilh. Quatre fois, il lui faut retrouver sa liberté.

Les rencontres

L'aventure du cavalier solitaire est faite d'une succession de rencontres. Toutes ont leur importance. Il en est

1. Voir carte p. 37.

d'indésirables : celle des gendarmes ou des soldats qui veulent l'arrêter, des ouvriers prêts à le pendre, des bourgeois ou des forçats armés que la peur rend dangereux. Le héros rencontre aussi des personnes qui l'informent, lui indiquent son chemin, l'avertissent des dangers. Certains lui apportent leur aide, à d'autres il propose la sienne.

Mais quatre rencontres sont déterminantes parce qu'elles commandent des péripéties majeures. Ainsi la rencontre de Pauline de Théus, qui va transformer le voyage solitaire en une aventure à deux. Mais d'abord, la rencontre du petit Français au village des Omergues ; puis celle de la vieille nonne, à Manosque. Le premier lui révèle le choléra, la seconde le fait vivre dans la familiarité de la mort. Enfin Angelo retrouve Giuseppe, son compagnon depuis l'enfance. Voici, face à face, le révolutionnaire cynique pour qui tous les moyens sont bons, et le hussard au grand cœur qui met l'honneur au-dessus de tout.

UNE ACTION EN TROIS ÉPISODES

Les aventures d'Angelo à Manosque, puis sur les collines qui dominent la ville, constituent un temps d'arrêt entre le parcours solitaire des premiers chapitres (I-V) et le voyage à deux qui occupe les derniers (X-XIV). Ce temps d'arrêt est lui-même riche en aventures : fuite dans les rues, errance sur les toits, rencontre de la très jeune femme puis de la vieille nonne qu'il accompagne dans toute la ville ; enfin recherche de Giuseppe et vie sur les collines.

Le roman se partage ainsi en trois masses équilibrées de cinq, quatre et cinq chapitres. Mais cet équilibre n'est qu'apparent, les chapitres étant de longueurs très inégales. Les cinq premiers totalisent 104 pages; les quatre suivants 171 ; les cinq derniers 209 pages. On remarque l'ampleur des chapitres VI à XII inclus ; la rapidité au contraire des chapitres III, IV et V et du chapitre XIV, qui mettent fin aux deux épisodes du voyage.

UN MOMENT CRITIQUE

Le titre souligne l'importance de l'épisode des toits de Manosque (chap. VI). Importance paradoxale : le héros,

« prisonnier de ces toitures » (p. 146), est réduit à l'impuissance. C'est pour lui le temps d'un retour sur lui-même, d'un regard sur son passé et sur les événements qu'il est en train de vivre. Entre les deux moments d'un voyage placé sous le signe de l'action, la méditation d'Angelo s'inscrit comme un moment de crise. Entre l'initiation à la mort et l'initiation à l'amour, le hussard vit en effet un « moment critique » (p. 158-161). Le spectacle de la terreur, de la violence, de la mort partout triomphante s'offre à lui, insoutenable, avant que s'incarnent en Pauline de Théus le courage, la beauté, la féminité : dans ce chapitre VI, tous les thèmes du roman se trouvent réunis.

ANALOGIES ET CONTRASTES

Dans un pays qu'il ne connaît pas et que bouleverse le choléra, le héros va au-devant d'aventures toujours nouvelles et imprévues. Sur sa route pourtant des situations et des personnages comparables se présentent. Ainsi se constitue un système de répétitions qui donne au récit une forte unité. Dans une parfaite symétrie, au deuxième et à l'avant-dernier chapitre, Angelo rencontre un médecin ; au quatrième chapitre et au onzième (le quatrième avant la fin), il est mis en quarantaine et s'évade.

Ces analogies ménagent des effets de contraste. À Peyruis (chap. IV), Angelo, résolu à s'évader, ne peut décider la jeune préceptrice à le suivre ; à Vaumeilh (chap. XI), il s'échappe en compagnie de Pauline. Le petit Français et l'homme à la redingote (chap. II et XIII) sont tous deux médecins, mais le premier est un jeune homme, il se dévoue jusqu'à la mort pour soigner ; le second est un homme âgé, il a pris sa retraite, il se contente de tirer du choléra une théorie et une philosophie.

On notera encore l'opposition entre les deux nonnes : celle de Vaumeilh, dépourvue de charité et de discrétion (chap. XI), et celle de Manosque, admirable de naïveté et de courage (chap. VII). Vieille et laide, cette dernière vient elle-même contraster avec la très jeune femme, très belle, rencontrée la veille par Angelo (chap. VI).

DES MOTIFS RÉCURRENTS

Insérés dans la trame du récit, des motifs réapparaissent avec insistance. Leurs variations, comparables à celles d'un thème musical, donnent une valeur très forte à ce qui pouvait passer pour un simple détail de la narration.

Le sabre

Arme préférée du hussard, le sabre joue, dans le temps de son aventure mais aussi dans son passé proche, un rôle constant. Pour tenir tête à un capitaine arrogant, Angelo s'empare du sabre d'un soldat. Dans la première maison de Manosque où il trouve refuge, il remarque un portrait dont le personnage tient « un sabre entre ses jambes » (p. 136). Plus loin, il contemple, dans un grenier, « un sabre de cavalerie avec sa dragonne d'or » (p. 173). Sur la colline des amandiers, il admire le sabre – « une belle arme fort noble » (p. 256) – qu'un milicien porte nu à sa ceinture. Giuseppe enfin lui donne un petit sabre avec lequel il fait, devant Pauline, la démonstration d'« une escrime éblouissante » (p. 307) qui met en déroute leurs assaillants.

Peu importe que ce sabre soit un simple « coupe-chou » (p. 429) et qu'Angelo le tienne « comme un manche à balai » (p. 307) ou comme un « parapluie » (p. 382) ; avec lui le héros peut « être très effrayant » (p. 429). C'est avec un sabre qu'Angelo tuera Giuseppe dans *Le Bonheur fou* (1957). C'est avec un sabre qu'il a tué, en loyal duel, le baron Swartz. Or, la mort de cet espion autrichien commande l'exil du héros et par conséquent toute l'action du roman.

Les cheveux dénoués

L'image répétée d'une jeune femme aux cheveux dénoués dessine une série de figures féminines, toutes caractérisées par la beauté de leurs cheveux, parfois aussi par la blancheur laiteuse de leur nuque et par la couleur verte de leurs yeux. Toutes aussi sont marquées par la mort. Ainsi la jeune femme des Omergues, premier cadavre découvert par Angelo ; celle de la grange de Peyruis, qu'il tente en vain de sauver. Ainsi encore la très jeune femme gisant dans l'entrebâillement d'une porte, dans une maison de Manosque.

Toutes ces figures préludent à l'apparition de Pauline, bien vivante, elle, et dressée en face d'Angelo. Ses lourds cheveux noirs, « si beaux » (p. 498), sont noués en un chignon qu'elle ne défait que pour les tresser (p. 409) ; mais la maladie et l'approche de la mort les dénoueront enfin et ils couleront sur les mains d'Angelo. Au milieu des femmes d'ouvriers aux cheveux « noués fortement en chignons serrés » (p. 271), déjà la femme chassée du campement de Giuseppe (p. 286) marchait à la mort avec une coiffure défaite : « Le vent faisait flotter ses cheveux dénoués. » Signe d'abandon presque impudique et image prémonitoire, qui semblait préfigurer la mort de Pauline.

L'image de la mère

À ces figures de jeunes femmes s'oppose celle de la vieille nonne de Manosque, qui n'ôte sa coiffe que pour laisser voir « une tête ronde et rasée » (p. 210). Cette religieuse est l'une des figures maternelles dont l'image court dans le roman, depuis la fermière aux « fort gros seins » qui s'agite « très maternellement » autour d'Angelo (p. 11-12), jusqu'à « la vieille marquise » de Théus, « boulotte et rougeaude », à qui Angelo parle « comme il l'aurait fait à sa mère » (p. 500). « Ma mère », dit Angelo à la vieille nonne ; elle l'appelle « mon petit » (p. 188) ; elle exerce sur lui une autorité brusque, mais qui se nuance de tendresse. Voici encore Thérésa, la nourrice aux « mamelles maigres » (p. 259). Et voici la mère du héros, de seize ans seulement plus âgée que lui : « Ma mère est jeune et très belle » (p. 200), dit-il ; « c'est la Primavera »[1] (p. 445).

---

1. La Primavera : figure féminine du *Printemps*, dans le célèbre tableau de Botticelli (1444-1510), conservé au Musée des Offices de Florence.

5 Le temps

L'HISTOIRE ET LA FICTION

L'action se situe sous la Monarchie de Juillet (1830-1848) : les Français préfèrent rêver à Austerlitz (1805) « plutôt que de chanter " Vive Louis-Philippe " » (p. 19). Ils se plaisent au souvenir des victoires de Napoléon, mais ils n'ont pas oublié ses défaites : anciens de l'armée impériale, les deux policiers de Manosque évoquent Leipzig (1813) et Waterloo (1815). Une agitation ouvrière est mentionnée : on se bat « contre des tisserands qui réclament le droit de manger de la viande une fois par semaine » (p 19) – allusion à la révolte des canuts, ces ouvriers de la soie lyonnais qui s'étaient insurgés en novembre 1831, ou à la nouvelle insurrection lyonnaise d'avril 1834.

Nous sommes au temps des sociétés secrètes qui cherchent à renverser la monarchie et à restaurer la république. Active en France entre 1821 et 1823, la Charbonnerie avait pris naissance dans le royaume de Naples une dizaine d'années plut tôt. Angelo et Giuseppe sont affiliés à la société secrète des *Carbonari* – ainsi appelés parce qu'ils se réunissaient dans les bois, sous les huttes des charbonniers[1]. Tous deux combattront, lors de la révolution italienne de 1848 *(Le Bonheur fou)*, pour délivrer leur pays de la domination autrichienne et faire triompher leurs idées libérales.

Aucune de ces références à l'histoire ne peut pourtant permettre de dater avec précision les aventures d'Angelo en Provence. Tout au plus peut-on les situer à l'intérieur d'une dizaine d'années, entre 1832 et 1845. L'épidémie de choléra est-elle celle de 1832, qui fit tant de victimes aussi à Paris ? Mais le choléra frappe encore en 1834, en 1835, en 1837. Giono avait d'abord pensé à la date de 1838 ; or, il n'y eut aucune épidémie de choléra cette année-là.

---

1. Charbonniers : bûcherons qui fabriquaient le charbon de bois.

Manifestement le romancier invente son propre choléra ; la fiction l'emporte sur l'histoire.

D'autres indices temporels sont de simples anachronismes : le train de Lyon qui s'arrête en gare d'Orange à la page 25 ne roulera sur cette ligne qu'en 1855 ; les travaux de Claude Bernard cités par le médecin du chapitre XIII n'ont été publiés qu'en 1853.

CHRONOLOGIE DES ÉVÉNEMENTS RAPPORTÉS

Les repères temporels

Le récit multiplie les repères temporels. Il n'indique ni les dates, ni les jours de la semaine ; mais il marque la succession des journées, précise le moment, parfois l'heure. Nous sommes à « l'aube », au premier mot du texte (p. 11). Deux pages plus loin, le soleil est « haut » ; il est « à peu près une heure de l'après-midi » quand Angelo remonte en selle, après une halte dans une auberge (p. 23). Dans un village, il s'arrête « un bon quart d'heure » à l'ombre, puis se repose « presque une heure » dans une maison (p. 29-30). Il arrive à Banon « vers huit heures » (p. 41).

Le second chapitre n'est pas moins précis : Angelo se réveille « à quatre heures » de l'après-midi, il part « à quatre heures du matin » (p. 45). Ainsi nous est rendu sensible l'écoulement des jours, ponctué par les moments de repas, de repos, de sommeil. Huit des quatorze chapitres commencent au moment d'un réveil, ou d'un départ matinal ; sept s'achèvent sur la mention « il s'endormit » (chap. I et XII), sur un « Bonsoir, monsieur » (chap. X) ou simplement sur l'indication d'un sommeil, ou d'une insomnie (chap. VIII, XI ; II, VI).

Approximations

Des récapitulations permettent de mesurer le temps écoulé : « avant-hier soir », « il y a trois ou quatre jours », « depuis plus d'un mois », « pendant deux ans » (p. 351, 179, 254, 451). Il n'est pas rare que ces précisions, ou ces approximations, soient en contradiction avec les durées constatées par le lecteur : comment accorder les trois mois de peur « des gens bien-pensants » (« Il y a trois mois que la mort les asticote », p. 312) avec les cinq mois de choléra vécus par Angelo (« Il y a tout à l'heure cinq mois que je me promène dans cette saleté », p. 335) ? En dépit d'incessantes précisions temporelles, les repères sûrs nous manquent : Giono traite le temps, comme l'histoire, avec une grande liberté.

Durées indéterminées

Au centre du roman, du chapitre VIII au début du chapitre X, la succession des jours cesse d'être comptée. Nous entrons dans une durée indéterminée, celle des aventures avec la nonne et des semaines passées avec Giuseppe. Les formules les plus vagues ont alors cours pour rappeler que le temps passe : « quelques jours après », « un beau jour », « pendant plusieurs jours » (p. 200, 275). Une seule précision : la lettre de la duchesse est datée de juin ; et Giuseppe l'a gardée « au moins deux mois » (p. 256) ; nous voici au mois d'août, et par conséquent en juillet au début du roman.

Les repères deviennent à nouveau flous dans les dernières pages, après la guérison de Pauline. Il n'est plus dès lors possible d'apprécier avec certitude le nombre de jours qui séparent le transport de la malade chez le maître de poste du départ d'Angelo pour l'Italie.

Schéma chronologique

La chronologie du roman peut donc se résumer ainsi (voir tableau, page suivante) :

- Premier voyage d'Angelo : 7 jours
- Errance sur les toits de Manosque : 3 jours
- Aventures avec la nonne } durée indéterminée
- Séjour sur les collines } durée indéterminée
- Deuxième voyage d'Angelo :
  - jusqu'à la maladie de Pauline : 9 jours
  - jusqu'à son départ pour l'Italie : 7 jours ?

Durée totale de l'action : environ quatre mois.

Chapitres	Événements	Lieux		Dates
I 32 p.	Début de l'épidémie	En route pour Banon	Premier parcours d'Angelo ↓	1er jour
II 27 p.	Repos à l'hôtel Les premiers cadavres Mort du petit Français	Banon Les Omergues		2e jour 3e jour 4e jour
III 13 p.	Barricade gardée par un forçat	En route vers Sisteron		5e jour
IV 15 p.	La préceptrice parisienne Quarantaine de la grange	Près de Peyruis Peyruis		6e jour
V 17 p.	L'auberge de roulage Vol d'un cheval	Route au sud		7e jour
VI 68 p.	Angelo, prisonnier des toits Première rencontre de Pauline	Manosque		8e, 9e jours 10e jour
VII 25 p.	La vieille nonne			11e jour et jours suivants
VIII 42 p.	Giuseppe retrouvé	La colline des amandiers		
IX 36 p.	Giuseppe éloigne son campement	La combe		↓
X 50 p.	Décision de départ pour l'Italie			Derniers jours de septembre
	Départ d'Angelo Deuxième rencontre de Pauline Combat contre les dragons Pauline frappée par un corbeau Nuit à l'auberge	Route à l'ouest Route au nord Montjay	Deuxième parcours d'Angelo ↓	1er jour 2e jour
XI 66 p.	Sainte-Colombe introuvable La forteresse de Vaumeilh Évasion	En route pour Ste-Colombe Vaumeilh Route au nord puis à l'est		3e jour 4e jour
XII 49 p.	Halte dans un hameau Les paysans les attaquent Le clarinette solo Confidences dans une maison déserte	Saint-Dizier		5e jour 6e jour 7e jour
XIII 29 p.	Hospitalité du vieux médecin	À dix lieues de Gap		8e jour
XIV 15 p.	Pauline frappée par le choléra Repos au relais de poste Arrivée à Théus Séjour au château Départ pour l'Italie	En route pour Théus Théus		9e, 10e jours 11e jour 2 jours après 3 jours

L'ÉCOULEMENT DU TEMPS

« Tempos »

Ce passage d'un temps compté à une durée qu'on ne mesure plus, puis le retour à une succession régulière de jours distincts, donne au récit son rythme particulier. Composé à la manière d'une œuvre musicale, il comporte trois « tempos » : entre deux mouvements plus animés, le mouvement central marque un ralentissement. Le temps y est comme suspendu ; l'observation et la réflexion prennent le pas sur l'action. Aux deux extrémités du roman se répondent deux morceaux d'un caractère singulier. Le prologue du premier chapitre suivait d'instant en instant l'invasion du choléra ; avec une certaine solennité, il préparait l'entrée d'Angelo dans le drame. L'épilogue des dernières pages, d'une chronologie plus désinvolte, met fin, sur un mode allègre, à l'aventure du héros au royaume du choléra.

Passage des saisons

Commencé dans « les splendeurs barbares du terrible été », par une « chaleur étouffante » (p. 30, 11), le roman s'achève sur « les images de la splendeur du monde » (p. 496) et dans la tiédeur de l'arrière-saison. Le récit nous a conduits de l'extrême chaleur aux premiers froids, de l'été à l'approche de l'hiver, et du soleil à la pluie. Des orages torrentiels ont inondé les campements des collines et la ville de Manosque (chap. IX) ; puis un vent froid s'est levé (chap. X, p. 296), la pluie a fait son apparition ; pluie douce d'abord (chap. X), puis plus serrée (chap. XII), diluvienne enfin (chap. XIII) ; des chutes de neige sont alors imminentes. Il faut attendre le dernier chapitre pour retrouver pureté du ciel et tiédeur de l'air : « C'était une de ces journées d'automne qui ont des airs de printemps » (p. 488, chap. XIV). Mieux que par l'énumération des journées, c'est par ces changements de climat et cette succession des saisons que le roman rend sensible le passage du temps.

L'EMPLOI DES TEMPS

Le passé simple

Entre les moments où l'écoulement du temps est exactement mesuré et ceux où il paraît suspendu, la rupture est accentuée par le changement des temps verbaux. L'ensemble du récit est écrit au passé simple, pour décrire, dans leur succession, des actions ponctuelles et toujours différentes. À son emploi est lié celui du plus-que-parfait pour marquer une antériorité et celui de l'imparfait pour exprimer un état ou une action envisagés dans leur durée : « Il avait fait à peine une centaine de pas qu'il vit un cavalier qui venait au trot » (p. 53).

L'imparfait

Le temps passé avec la vieille nonne ou avec Giuseppe est au contraire dominé par l'emploi de l'imparfait, qui traduit la répétition, jour après jour, de faits ou d'actions identiques. Nous voici installés dans le choléra, dans la monotonie d'une attente sans espoir et des gestes qui ne servent à rien : « Ils ne lavaient que les plus sales [...]. Ils les frottaient à grande eau [...]. C'était parfaitement inutile » ; « Ils s'affairaient de tous côtés avec une générosité inutile » (p. 203, 275). On retrouve au chapitre XI, dans la description des quarantaines, un emploi comparable de l'imparfait ; le narrateur prend la parole et nous informe : nous avons quitté le récit d'une aventure pour l'exposé d'une situation (p. 372-373, 375-380).

Inversement, par un glissement insensible, un fait présenté d'abord comme répétitif devient soudain unique ; l'imparfait fait brusquement place au passé simple : « Et qu'est-ce que je fais ? disait-elle. Bien sûr qu'on les sauve. – Mais, dit-il, leur rendre la vie. [...] Elle couvrit son visage de ses grosses mains » (p. 198). L'invention romanesque, on le sent, est prête à reprendre ses droits et à relancer l'aventure.

6 L'espace

LIEUX IMAGINAIRES ET LIEUX RÉELS

L'itinéraire du premier voyage (chap. I-V) est aisément repérable sur une carte. Angelo se dirige sur Banon, gagne, par le pas (= le col) de Redortiers, la vallée du Jabron qu'il suit des Omergues à Sisteron, avant de descendre la vallée de la Durance jusqu'à Manosque. Cependant, des collines qui dominent Manosque jusqu'à Théus, dernière étape du voyage avec Pauline, l'itinéraire d'Angelo nous échappe. Les noms de lieux qui le jalonnent proposent en effet un parcours impossible. On peut retrouver sur une carte Montjay, Vaumeilh, Saint-Dizier ou Bayons ; mais dans des directions ou à des distances qui sont incompatibles avec les étapes que suppose le roman. Giono s'est servi de noms de lieux réels pour jalonner un parcours imaginaire dans un pays de son invention. Seul Théus est resté à sa place, près de Remollon, à une quinzaine de kilomètres au sud-est de Gap.

Pour traverser un pays qu'il ne connaît pas, Angelo n'a qu'une carte sommaire, celle que lui a dessinée Giuseppe. Encore lui faut-il demander son chemin et il s'égare. Lorsque le joueur de clarinette lui montre sa propre carte, le romancier note, avec quelque malice : « On s'arrêta deux minutes pour regarder. Il ne faisait plus assez clair pour bien comprendre l'itinéraire » (p. 423).

UNE PROVENCE DE FIN DU MONDE

De la Haute-Provence où il a vécu, Giono retient les traits qui la caractérisent : sa lumière, la chaleur et la sécheresse de ses étés mais aussi la fraîcheur des fontaines et des sous-bois, les vallons ombragés et l'aridité des crêtes;

les vergers d'oliviers, les petites terrasses de terres cultivées, les lavandes et les pierrailles.

Pourtant ce pays où erre et s'égare Angelo est largement imaginaire et placé, dès les première pages, sous le signe de la démesure. Chaleur de four, odeurs pestilentielles, ciel et soleil de craie : autant de signes qui dénoncent une terre de malédiction, où toute vie est menacée, où « les routes de l'espoir sont désertes » (p. 227).

« *Lasciate ogni speranza*[1] » : cette devise, inscrite sur la porte de l'Enfer dans *La Divine Comédie* de Dante, vient à la pensée d'Angelo lorsqu'il voit la nuit s'embraser de feux sur les collines de Manosque. « Pays infernal », « couleurs infernales », « chaleur infernale » (p. 90, 238, 406) : nous sommes en enfer, c'est-à-dire « chez les morts » (p. 150). Angelo traverse une Provence de fin du monde ; la vallée du Jabron, où il découvre les premiers cadavres, est devenue une « vallée de Josaphat » (p. 59, 205), ce lieu près de Jérusalem où, selon une tradition chrétienne, les morts se rassembleront au jour du Jugement.

MONTÉES ET DESCENTES

Couloirs, passages étroits et sombres, parfois obstrués de décombres; « chemins détournés », « labyrinthe de ravins » (p. 409, 350), sentiers scabreux, espaces désertiques et villages en ruines : la progression est toujours malaisée, et souvent nocturne. Il faut contourner, se faufiler, parfois marcher « à quatre pattes » (p. 170, 396), avancer à tâtons (p. 107), chercher sa route.

Il faut aussi utiliser une échelle, emprunter un escalier, gravir une hauteur, s'engager sur une pente ; il faut sans cesse descendre ou monter. L'espace est à l'image même du choléra, tel que le définit Angelo : « un escalier que je monte ou que je descends sur la pointe des pieds pour me trouver devant une porte entrebâillée que je pousse, et il me faut enjamber [...] un cadavre» (p. 438).

---

1. « Abandonnez tout espoir », Dante (1265-1321), *L'Enfer*, chant III, v. 9.

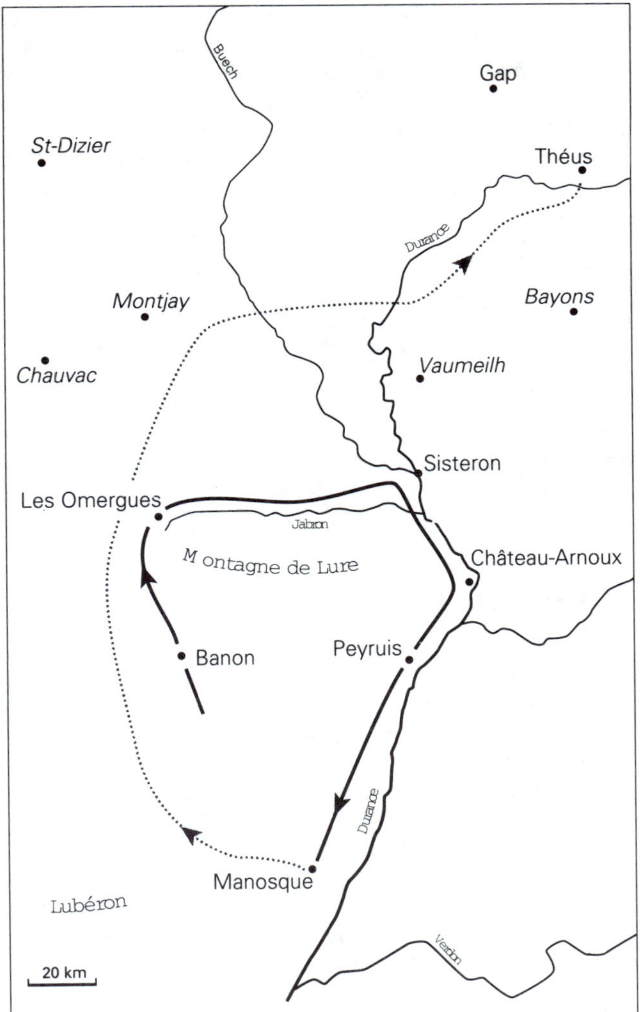

Itinéraire du premier voyage d'Angelo

Itinéraire possible du deuxième voyage

Vaumeilh, Montjay, etc : noms de lieux utilisés pour l'itinéraire imaginaire du deuxième voyage

Descendre, c'est presque toujours s'exposer. La première confrontation avec le choléra, le combat contre les dragons de Valence, la souricière tendue par la patrouille de Vaumeilh se situent en bas, dans la vallée. Descendu de son cheval, Angelo manque d'être pendu dans une rue de Manosque. Monter le met au contraire « en dehors de toute atteinte » (p. 349). L'essentiel de son aventure consiste à gagner les hauteurs. C'est là qu'il trouve sa place, une place « au sommet » (p. 239) ; mais aussi « un beau point de vue » (p. 408) d'où il peut « plonger ses regards » (p. 46), voir bien et loin. « Du haut » (d'une colline, d'une crête ou simplement de son cheval) : cette expression revient comme un refrain. Le titre du roman prend alors toute sa force ; Angelo est « sur le toit » pour échapper à la foule ; mais aussi pour mieux la dominer et l'observer. Trois fois dans le roman (p. 46, 414, 501) et d'une manière plus métaphorique encore, Angelo saura se hisser « au comble du bonheur », où nul sans doute ne peut le suivre : l'altitude est ici synonyme de solitude.

MANOSQUE

Manosque, dans le roman, est à la fois une ville réelle de Haute-Provence et un espace symbolique. À peine Angelo y est-il entré qu'il y est pris au piège. Échappant de peu à la pendaison, il trouve refuge sur les toits dont il est dès lors prisonnier. De la ville où il arrive à la tombée de la nuit, il n'a pu voir que des maisons fermées, des ruelles obscures. Avec la nonne, il redescendra dans les rues, mais de nuit encore le plus souvent.

Le vrai Manosque d'Angelo, c'est donc ce domaine de toitures où il tente de survivre. Il découvre là un « nouveau monde » (p. 168) où il lui faut apprendre à vaincre sa peur du vide, à marcher ou plutôt à « naviguer » (p. 148). Car ces toitures ont les mouvements de la mer, avec des « creux de houle », des mouvements de « ressac », « de courtes vagues immobiles » (p. 148, 137, 142). Elles sont semblables aussi à des montagnes avec leurs gouffres, leurs crêtes, leurs profondeurs attirantes (p. 148). Réciproquement, les montagnes apparaîtront plus tard à Angelo comme « une vaste étendue de toitures » (p. 350).

Angelo s'accoutume vite à cet espace insolite et déambule « sur les toits exactement comme sur terre ferme » ; mais « une terre nouvelle » (p. 168) qui requiert des « instincts nouveaux », où « les limites s'effacent entre le réel et l'irréel » (p. 168). Dépaysement absolu : le spectacle de la rue reste sous les yeux d'Angelo, « la chaleur des tuiles » (p. 150) brûle ses pieds, d'épouvantables odeurs l'enveloppent, les oiseaux l'assaillent. Pourtant dans ce lieu magique l'imaginaire triomphe : ici s'ouvre l'étroit passage (la lucarne) qui lui donne accès au « beau grenier », espace enchanté d'un « monde disparu » (p. 172-173), puis à l'escalier où apparaît soudain « une très jeune femme », « plus brune que la nuit » (p. 178, 185).

L'ITALIE

La colline des amandiers offrira également au héros, en marche vers sa « terre promise » (p. 305), l'espace d'un monde autre : une enclave piémontaise en terre française, une « petite Italie » (p. 272-273). Il y rejoint Giuseppe et Lavinia, qui lui sont liés depuis l'enfance. Une lettre de la duchesse Pardi lui rend quelques instants la présence de la mère-patrie, de sa mère, de sa nourrice : Turin, Ezzia, Thérésa. Femmes passionnées, intrigues politiques : Angelo retrouve l'Italie qui a fait de lui un jeune homme romanesque, épris de « grandiose » (p. 441).

La « petite Italie » que font revivre Giuseppe et Lavinia – lui avec ses grandes démonstrations d'amitié et ses gestes de conjuration, elle avec ses chansons vives et ses mimiques voluptueuses – est un espace préservé mais menacé. Le choléra y fait rage ; les ouvriers qui entourent Giuseppe sont français, ils n'aiment guère Angelo et Giuseppe lui-même n'a sur eux qu'un pouvoir fragile. Retourner en Italie devient donc une nécessité. Une mystérieuse mission y appelle Angelo : « Il va falloir bientôt que tu te faufiles dans les Alpes et que tu ailles où il faut faire ce que tu sais » (p. 269), lui dit Giuseppe. C'est dans cet espace situé au-delà du roman – « là derrière », dit la dernière page – que se livreront les vrais combats pour la liberté.

7 Le jeu des points de vue

LE REGARD DU NARRATEUR

Au sens propre, un « point de vue » est l'endroit d'où l'on regarde ; le choix de cet endroit détermine le champ de vision. Dans un récit, le point de vue désigne le regard porté sur les événements racontés, ou la mémoire qui les restitue – regard et mémoire du narrateur ou d'un personnage, qui nous informent des faits dont ils ont été le témoin, le confident ou l'acteur.

Dans *Le Hussard sur le toit*, le point de vue est celui du narrateur anonyme qui nous parle. Comme le titre l'annonce, il nous parle surtout du hussard. Nous voyons vivre et mourir le petit Français (26 p.) ; nous assistons aux « miracles » de la nonne (23 p.) ; nous écoutons le vieux médecin décrire le choléra (26 p.). Aux côtés du héros, voici « le fidèle Giuseppe » (43 p.), et voici Pauline (204 p.). Mais Angelo est en permanence sous nos yeux pendant les quatorze chapitres du roman. C'est lui que le narrateur suit pas à pas, ne le quittant que pour donner au lecteur quelques explications complémentaires, sur les quarantaines, par exemple, ou sur les Présentines de Vaumeilh (p. 372, 375-380). Ou encore pour montrer, au premier chapitre, l'irruption et les progrès du choléra en Provence. Mais, même alors, il ne perd pas Angelo de vue. Le va-et-vient de son regard couvre à la fois les scènes qui se déroulent à Toulon ou à Carpentras, et la chevauchée somnolente du hussard : « juste au moment où Angelo passait sous les rochers [...], la jeune madame de Théus descendait en courant... » (p. 24).

Le narrateur a sa personnalité, de l'expérience, du jugement ; il s'exprime sur un ton facilement ironique ; il ne se prive pas d'intervenir, pour commenter, donner son opinion ou sourire de la naïveté d'Angelo. La note de la page 131 («C'est un aristocrate, quoique carbonaro, qui parle, et d'ailleurs fort jeune ») fait sans doute entendre la voix du romancier ; mais c'est bien le narrateur qui commente l'amour du héros pour la liberté : « C'est le dada de tous les beaux enfants nés d'une patrie subjuguée » (p. 140). C'est encore le narrateur qui dit : « L'homme solitaire prend une fois pour toutes l'habitude de s'occuper de ses propres rêves » (p. 184). Ces généralités sont d'un moraliste qui connaît bien les hommes. Sa sagesse s'exprime en préceptes désabusés : «...il est important d'être en place, ou tout au moins du parti qui distribue les places » (p. 139).

Pour le narrateur, Angelo n'a pas de secret. Non seulement son passé, ses pensées, ses rêves lui sont connus, mais il a une meilleure mémoire que lui et plus de sens critique ; il peut donc dire : « il ne se souvenait pas » (p. 86), « Il oubliait que... » (p. 88), « Angelo ne se rendait pas compte que... » (p. 129), « Angelo ne voyait pas que... » (p. 138). Il peut encore porter sur les sentiments d'Angelo ou son comportement un regard clairvoyant : « Il y avait très peu de laideur dans son orgueil » (p. 204), ou : « Angelo n'avait jamais été aussi Italien » (p. 314).

LE POINT DE VUE DU HUSSARD

À l'exception des libres propos qu'il se permet parfois, le narrateur se contente de voir par les yeux d'Angelo et d'enregistrer sans commentaire ses émotions ou ses pensées. Le point de vue dominant est donc celui du hussard. « Angelo se souvenait », « il se demanda si », « il comprit aussi que », « il calcula que » (p. 14, 47, 170, 404) ; ou « il éprouvait un très grand plaisir », « il était heureux », « il était au comble du bonheur », (p. 436, 204, 91) ; toutes ces formules nous introduisent dans la conscience d'Angelo. En incise et presque à chaque page, le commode et banal « se dit Angelo » a la même fonction.

Les autres personnages n'existent que sous le regard du héros et par les paroles qu'ils prononcent devant lui.

Ainsi, en dehors des confidences de Pauline ou des aveux de Giuseppe, nous ignorons leurs pensées, nous ne pénétrons pas dans leur conscience. Ils sont vus de l'extérieur et nous les jugeons sur leur comportement, sur leurs actes ou sur leurs paroles. Ils peuvent prendre un certain relief mais ils n'ont pas de profondeur. Une seule exception à ce parti pris d'ignorer le regard et la pensée intime des autres personnages : lorsque Angelo s'adresse aux paysans qui ont voulu l'attaquer, nous apprenons ce qu'ils éprouvent : « ils avaient été impressionnés par le discours. On ne leur avait jamais parlé aussi longtemps en les regardant dans les yeux » ; c'est aussi la seule fois où Angelo apparaît tel que les autres le voient : « ce personnage maigre aux yeux de feu » (p. 415-416).

Le regard du voyageur

Angelo, qui partage avec le narrateur l'exclusivité du point de vue, porte sur les autres et sur le pays qu'il traverse un regard qui n'est pas neutre. Son caractère, ses préoccupations, parfois sa distraction orientent sa vision ou la déforment. Il remarque aussitôt un sabre dans « le beau grenier » de Manosque, mais non la grosse bague que Pauline a mise à son doigt et que d'autres ont vue tout de suite (p. 334, 412). Son regard est d'abord celui d'un voyageur qui cherche sa route, observe les lieux en quête d'une fontaine, d'une table, d'un gîte, d'un abri ou d'un refuge. Il lui faut mesurer les chances d'un combat s'il est attaqué, trouver une issue s'il est enfermé, guetter chez sa compagne de route les signes de sa fatigue ou de son découragement.

Les situations difficiles où le conduisent ses aventures l'obligent aussi à porter un regard sur lui-même, à s'interroger sur la valeur et sur les mobiles de son action. D'où ces monologues qui occupent notamment une partie du chapitre VI (le hussard est sur les toits), du chapitre VII (il s'est mis au service de la nonne) et du chapitre VIII (Angelo marche dans la nuit, à la recherche de Giuseppe). Sa réflexion le reporte à chaque fois à un passé récent, celui des aventures avec le petit Français, ou plus lointain : son duel avec le baron Swartz, raison de son exil en France et sujet de contestation avec Giuseppe.

La hauteur de vue

La noblesse d'Angelo commande également son regard. Il se refuse à avoir « la *vue basse* » (p. 140, 142), « à regarder bas » (p. 445). Entendons : à commettre des actes déshonorants, à admettre la trahison et le mensonge, la lâcheté ou simplement l'obéissance aveugle aux mots d'ordre. Il observe sans indulgence les miliciens commandés par Giuseppe, « ces hommes constamment embarrassés de fusils, d'enfants trempés et de graves vertus » (p. 75). L'image tourne à la caricature quand il s'agit de peindre Michu, l'agent payé par Giuseppe pour faire pendre les bourgeois de Manosque : « Il trépignait autour du groupe qui tenait Angelo, il envoyait des coups de poings dans le vide » (p. 121). Même dérision lorsque Angelo observe les transports furtifs de cadavres dans les rues de Manosque : « C'en était un qu'on emportait à deux, un à la tête, un qui avait saisi les jambes comme des brancards de brouette ; une femme qui traînait son mari sur les pavés ; un homme qui portait sa femme comme un sac de blé sur son épaule » (p. 203). Ce ton sarcastique et grinçant traduit le dégoût d'Angelo. « Il avait le droit de mépriser » (p. 204). Mais Angelo sait aussi regarder avec admiration : le « petit Français », ou le policier à la cravate de faille (p. 122), ou la vieille nonne.

« L'œil collé à la loupe »

En route dans la nuit pour le campement de Giuseppe, Angelo se reproche sa manie de tout grossir : « Tu es inguérissable : l'œil collé à la loupe, la bouche au porte-voix » (p. 238). Cette perpétuelle exagération qui multiplie et agrandit tout ce qu'il regarde est sans doute la marque de sa sensibilité et de son imagination. Mais on peut voir ici un autoportrait de l'artiste. Angelo partage son imagination créatrice. Devant « le beau grenier » de Manosque, il s'étonne lui-même de son pouvoir d'invention : «...je suis capable de créer un être qui chausse ces souliers, revêt ces robes, prend cette ombrelle dans ses mains, se coiffe de cette capeline de faille mauve et marche dans ce grenier » (p. 175) ; deux pages plus loin, Pauline vient incarner son rêve.

8 Le héros

ANGELO

Personnage-titre et présent de la première à la dernière page, le hussard s'appelle Angelo ; nous le savons dès la première phrase du roman. Mais il nous faudra attendre la page 401 (chap. XI) pour apprendre qu'il porte le nom de Pardi, comme sa mère, la duchesse Ezzia Pardi, dont il est le fils naturel. Ce n'est pourtant, dit-il, « ni le nom de ma mère ni certainement le nom de mon père » ; c'est «simplement « le nom d'une très grande forêt que ma mère possède près de Turin ».

Voilà tout ce que nous saurons de l'identité du héros, et la seule réponse à la question « Qui êtes-vous ? » qui lui est posée par Pauline, lors des confidences échangées au chapitre XII.

Nous sommes presque moins renseignés encore sur son aspect physique et ne disposons que de quelques indications assez vagues, dispersées et parfois tardives, trop incomplètes pour constituer un portrait. Il porte des moustaches (p. 50), il est maigre (p. 176), il a de « beaux cheveux bruns » (p. 458) ; il a surtout des yeux qui donnent « des feux aimables » (p. 180), des « yeux de feu » (p. 416). Il paraît enfin plus jeune que son âge : « – Vingt-cinq ans, dit Angelo. – Tant que ça ? », s'étonne Pauline (p. 181).

Giono semble trouver plus important de souligner qu'il porte « de fort belles bottes », très remarquées et très convoitées, dont il est beaucoup question dans les neuf premiers chapitres. Elles font partie de sa personnalité : « sans bottes ni pistolets tu n'es plus qu'un pignouf » (p. 176), s'avoue Angelo. Les petits cigares qu'il fume si volontiers constituent aussi un signe caractéristique du personnage, une autre marque de son élégance.

La pauvreté de ce portrait s'explique : tout est vu, dans le roman, par les yeux d'Angelo. Il ne peut se voir que dans un miroir ; mais, dans le salon où Pauline l'introduit, la nuit de leur première rencontre, la glace reflète seulement « la barbe de huit jours », « les rayures de sueur noirâtre sur tout le visage » et « la chemise en lambeaux », ce « personnage fort regrettable » (p. 180) que lui ont composé le séjour sur les toits et les mésaventures qui l'ont précédé.

LE HUSSARD

Un soldat de métier

Sa mère lui a acheté une charge (un « brevet ») d'officier dans la cavalerie du roi de Sardaigne. Mais ce très jeune « colonel de hussards » (p. 88) a pris son service au sérieux et est effectivement devenu « un soldat de métier » (p. 16). Il a acquis un « sens militaire » (p. 78) qu'il est ravi d'avoir à faire jouer ; tout ce qui a un « petit air de guerre » (p. 413) le réjouit. Un village vers lequel il se dirige prend à ses yeux l'importance d'une position stratégique qu'il gagnerait « à travers les feux de peloton » (p. 35). Des forêts lui imposent l'image de « bataillons de lignes, l'arme au pied [...] sur un champ de bataille » (p. 352).

Même sans « son bel uniforme » (p. 467), il se trahit par ses paroles, par son ton : il pose ses questions « en termes militaires » (p. 358), « il a des mots d'officier » (p. 359) et parle du ton d'un homme habitué à « commander les capitaines » (p. 71), à « donner des ordres » (p. 467).

Sabre et pistolets

Angelo se bat, s'il le faut, à coups de poings ou de bottes. Ainsi avec Giuseppe, avec le forçat sur la route de Sisteron, avec les ouvriers de Manosque qui se saisissent de lui. Mais il ne voyage jamais sans ses pistolets et il excelle à manier le sabre, son arme préférée. Il espère des combats où s'illustreraient son adresse et sa vaillance. Il s'imagine seul contre plusieurs dans l'étroit escalier d'une auberge ; il se voit affrontant sabre au poing les soldats de la garnison dans les couloirs d'une forteresse (p. 22, 369).

Il lui arrivera d'avancer bravement sous la menace d'un fusil braqué sur lui (p. 74, 120, 320). Mais ses pistolets n'abattront que des cochons enragés de faim (p. 60). Quant au sabre donné par Giuseppe, il mettra en déroute les dragons de Valence. Mais ces soldats qui crient « comme des rats », ce brigadier qui tombe de cheval « comme un sac de cuillers » ne sont pas de bien terribles adversaires (p. 307). Le petit sabre servira en dernier lieu à forcer une porte (p. 392). Les vrais combats fuient Angelo. Lorsque, prisonnier, il rêve d'une évasion héroïque, il trouve la sortie libre ou une sentinelle complaisante. Sabre et pistolets fourniront du moins des « sujets de conversations » avec Pauline... (p. 440-441).

Le hussard sur le toit

« Les cavaliers, dit Angelo, sont généralement sur un cheval » (p. 310). Sur les toits de Manosque où il s'est réfugié, Angelo n'est plus qu'un cavalier sans monture, un hussard sans uniforme ; les pieds enveloppés de chiffons, en habits déchirés et couverts de plâtre, le visage noirci de sueur et envahi de barbe, Angelo n'a plus rien du fringant colonel imaginé par Giono. Le héros lumineux qui apparaissait « comme un épi d'or sur son cheval noir » (p. 139) se retrouve dépouillé de son prestige et de son autorité, prisonnier des toits et réduit à voler ou quémander sa nourriture.

Le Hussard sur le toit : pour donner à son roman un titre qui le résume et en désigne le temps fort, Giono choisit paradoxalement le moment où Angelo est condamné à l'impuissance et à l'inaction, où le héros ne peut plus être « en posture d'héroïsme » (p. 101).

LE GENTILHOMME

L'aristocrate

« Je suis un gentilhomme » (p. 179) : ainsi Angelo se présente à Pauline. Le mot a frappé la jeune femme qui se le rappellera plus tard en riant (p. 301). Sachant sa mine et sa mise inquiétantes, Angelo essayait de rassurer. Fils d'une duchesse, il ne disait pourtant que la vérité. Tout au long de sa route, les gens qui ont affaire à lui ne se méprennent pas longtemps sur son compte. Aux Omergues, le capitaine qui l'insulte découvre vite qu'il a en face de lui un escrimeur de première force ; et les soldats qui se moquaient d'abord de lui font la même cuisante expérience. Les coups de sabre d'Angelo ont « trois cents ans de désinvolture héréditaire » (p. 260). Si son habit de voyage le fait prendre parfois pour un paysan, son langage et sa prestance imposent bientôt le respect. Il est un « monsieur » pour la jeune préceptrice parisienne, pour le policier de Manosque, pour le cordonnier Féraud, pour l'ouvrier tailleur qui prend ses mesures. Non sans une certaine moquerie, le jeune médecin comme le patron de l'auberge de roulage l'appellent « mon prince » (p. 61, 104) ; le cuisinier de Peyruis le traite de « baron » (p. 93) ; Giuseppe lui donne du « monseigneur » (p. 253).

Le généreux

Aristocrate, Angelo est un « généreux » au sens classique du mot : racé, il a « le sens de l'honneur » (p. 339), une très grande exigence envers lui-même (p. 204), l'impossibilité de « *se contenter de peu* [1] » (p. 138), le goût des gestes larges ; il méprise les gens qui ont « la *vue basse* [1] » (p. 140). « Quel orgueil ! » dira de lui la vieille nonne (p. 189) ; et déjà le jeune médecin : « Vous êtes un sacré orgueilleux » (p. 64).

Poussé par « son impérieux besoin de générosité » (p. 108), Angelo a fait de « l'imprudence » (p. 257) sa règle de conduite. Par là, il se montre encore « généreux » : il donne sans compter. Il expose sa vie, indifférent au danger (p. 59) et fier d'une « négligence » (p. 141) qui n'est pas sans panache. Le médecin des Omergues l'a vite jugé : « Il me semblait bien que vous aviez dû faire le fier-à-bras. Vous êtes exactement quelqu'un de ce genre-là » ; ou : « vous devez être un type à qui il est difficile de faire comprendre où se trouve son intérêt » ; ou encore : « vous êtes un de ceux qui font les couillons comme ils respirent » ; enfin : « je sais que sur un choléra, surtout *morbus*, il faudrait vous couper le groin comme à une tique pour vous faire lâcher prise » (p. 55, 57, 59, 60).

---

1. Les italiques sont de Giono.

Angelo dispose aussi de ce qu'il possède, argent, linge, vêtements, avec une libéralité de grand seigneur. Ses « bottes de milord » (p. 123), ses cigares – « Vous êtes riche pour fumer ça », lui dit un paysan (p. 411) –, « l'argent massif » (p. 75) qui orne le harnais de son cheval affichent sa fortune. Elle explique sa liberté souveraine à l'égard de l'argent : Angelo paye sans discuter. Seule la prudence de Pauline peut l'amener, sur sa prière, à régler une dépense « comme un bourgeois » (p. 342), en comptant la monnaie qu'on lui rend.

Le bâtard

Angelo a l'élégance, la liberté, l'argent d'un homme de qualité. Mais il n'en a pas la légitimité. Sa position de fils naturel lui impose « *l'obligation d'être* » (p. 139) : il ne lui a pas suffi d'être de naissance noble, il lui faut s'imposer par ses propres qualités. « Tous les bâtards en sont là », pense Angelo (p. 205), songeant au « pauvre petit Français », en qui il reconnaît un frère en bâtardise. C'est dire que cette bâtardise peut s'entendre, hors de toute référence à une situation familiale, comme le propre de tout homme qui veut gagner sa propre estime et doit « faire enregistrer ses lettres de noblesse » (p. 205). Ainsi, paradoxalement, son illégitimité, qui pouvait être une faiblesse d'Angelo, le contraint à des actes qui le classent et lui prouvent sa « qualité » (p. 85).

LE PIÉMONTAIS

L'étranger

« D'où venez-vous ? Où allez-vous ? », demande le lieutenant de la patrouille de Vaumeilh (p. 363). À cette question qu'il élude, laissant la parole à Pauline, Angelo pourrait répondre qu'il vient du Piémont et qu'il y retourne. Tout son voyage serait ainsi résumé. Angelo n'est en France qu'un étranger. Le policier qui l'interroge à Manosque devine tout de suite en lui un Piémontais, sans doute un « réfugié politique » (p. 124).

Pourtant Angelo, qui parlait le français avec sa mère « même en Italie », parle notre langue « sans accent » et

« pense en français » (p. 313). Mais son application à le bien parler, à construire des phrases soigneusement étudiées, le fait remarquer et parfois mal comprendre. Il le parle aussi avec des mots et des gestes « très italiens » (p. 305). Il met de la passion ou une « certaine gravité italienne » (p. 361) pour parler des combats pour la liberté, du champ de seigle d'un pauvre paysan ou d'un beau paysage (p. 336, 359, 305).

Le carbonaro

Angelo a été affilié à la Charbonnerie. Il a participé aux réunions secrètes dans les forêts du Piémont. Sur ordre, il a tué le baron Swartz qui trahissait les républicains (p. 453). Malgré la proscription qui le frappe, il retourne dans son pays pour prendre part aux « combats pour la liberté », à la révolution qui doit secouer le joug autrichien et créer l'unité italienne : ce sera le sujet du *Bonheur fou*, qui forme la suite du *Hussard sur le toit*.

Courage et fidélité à la cause qu'il a embrassée caractérisent l'action politique d'Angelo. Mais elle est marquée aussi d'une « désinvolture » aristocratique (p. 140) ; il vient aux réunions secrètes en uniforme, et il préfère le duel à l'assassinat.

L'exilé

Proscrit en son pays, contraint de se réfugier en France et de s'y cacher (p. 444), Angelo y est partout hors de chez lui, n'ayant « de domicile nulle part » (p. 452, 306). Loin des siens et hors de sa patrie, l'exil lui a ouvert la voie de l'aventure sur une terre étrangère. Au milieu de ces Français inconnus qu'il observe avec étonnement, il reste sur ses gardes. Sous des habits de cavalier ou de paysan, il déguise son identité, se fait passer pour « un commerçant de Marseille » (p. 12) ou « un sous-préfet » (p. 333), prétend qu'il va « dans la Drôme » (p. 12) ou qu'il « cherche à descendre du côté de Marseille » (p. 80). Voyageur solitaire, dans un pays livré à la mort et à la peur, il trouve sur sa route plus d'adversaires que d'amis. Il va pourtant retrouver Giuseppe, un Piémontais, presque un frère. Et trois rencontres vont jouer dans sa vie un rôle décisif.

9 Le petit Français et la vieille nonne : deux figures exemplaires

LE PETIT FRANÇAIS

Au moment où Angelo s'apprête à quitter les Omergues pour aller chercher des secours, une sorte de paysan à cheval vient à sa rencontre. « L'homme montait comme un *sac de cuillers* » (p. 53). Angelo regarde d'abord avec dédain et méfiance ce piètre cavalier. C'est pourtant à lui qu'il appartient de faire entrer le héros « dans le drame » mystérieux du choléra (p. 52). Initiation déterminante ; jusqu'au dernier chapitre (p. 490, 494), l'image du jeune médecin qui s'est battu contre le mal jusqu'à l'épuisement et jusqu'à la mort ne quittera plus Angelo. « Ses aventures avec le petit Français », il les raconte à Giuseppe, qui lui reproche d'« en rester bouche bée » (p. 263, chap. IX). Il les raconte à Pauline (p. 395, chap. XI). Il les raconte encore au vieux médecin du chapitre XIII : «...*le petit Français* l'avait ébloui à force de générosité et de dévouement » (p. 464) ; Angelo «se disait : "Voilà comment il faut être." » (p. 56).

Figure exemplaire, ce premier compagnon, qui sacrifie sa vie pour « le plaisir de sauver » (p. 464), sera au cœur de toutes les réflexions du héros sur le mobile profond de sa propre conduite : l'orgueil sans doute, et le besoin de se prouver à soi-même sa qualité.

L'importance que le romancier accorde à ce personnage explique qu'il lui ait consacré un portrait relativement détaillé. Longs bras et longues jambes secoués par le trot de son cheval, cheveux longs rabattus sur le front par la course, apparaît « un jeune homme osseux » (p. 54), sans chapeau, sans cravate, vêtu d'une redingote souillée.

Puis se découvrent « un visage intelligent », de « belles petites lèvres d'enfant » (p. 57) dans une « courte barbe frisée », des yeux « habitués à l'ironie » (p. 54), mais qui peuvent s'emplir de larmes (p. 63).

LA VIEILLE NONNE

Un rocher

Le petit Français jouait son rôle au commencement de l'aventure ; la vieille nonne occupe, elle, une position centrale : nous sommes au septième des quatorze chapitres du roman. Comme le jeune médecin, elle est l'objet d'un regard attentif. Nous la découvrons vieille, moustachue, « ronde comme une barrique » (p. 188). Tout confirme ensuite une surprenante énormité : « gros pieds », « gros ventre » (p. 194), « gros bras roses » (p. 191), « grosse tête » (p. 194), « grosses lèvres » (p. 198). Cette « grosse femme » (p. 194) « ronde et lourde » (p. 191) n'est que graisse, lourdeur, poids (p. 194). Tous ces traits, dispersés, convergent en une image minérale : assise, la nonne est « comme un énorme rocher rectangulaire et trapu » (p. 199). Quand elle marche, elle semble se déplacer « tout d'une pièce, comme un rocher » (p. 190) ; elle avance « lourdement comme sur deux piliers d'église » (p. 203).

Mais ce lourd rocher est doué d'une vie puissante ; « avec son nez de lion » (p. 199) et cette voix dont les « appels sauvages » se muent en « rugissement » (p. 200), la nonne a l'instinct et l'élan des grands fauves. Rien d'insensible non plus en elle : son premier cigare, « planté [dans] sa bouche très gourmande » (p. 199), lui procure aussitôt « la volupté du tabac ». Et sa rudesse qu'éclaire parfois un sourire « très enfantin » a des douceurs maternelles ; elle peut traiter Angelo de « pauvre idiot » (p. 198), mais aussi l'appeler « tendrement » : « Mon petit » (p. 188-190).

« Une femme de ménage »

Le jeune médecin voulait « rendre la vie » (p. 198) aux mourants ; la nonne veut seulement que les morts soient propres pour « le jour de la résurrection » (p. 198). Au service de ses « clients », elle fait son « métier » de « femme de ménage » : « la nonne ne soignait jamais » (p. 198, 207).

Angelo s'en irrite d'abord ; puis il est subjugué par l'« extraordinaire présence » (p. 191) de cette femme qui lui semble « la personnification d'une très vieille sagesse » (p. 199). Elle a en effet le sens instinctif des gestes simples et ordinaires qui remettent toutes choses en place, y compris la mort. Le petit Français avait fait entrer Angelo dans le drame ; la nonne supprime le drame et rétablit l'ordre quotidien.

Elle disparaît soudain de sa vie. Il se souviendra d'elle pourtant, un jour où il chevauche aux côtés de Pauline : « Il lui raconta son aventure avec la nonne, après être descendu des toits de la ville » (p. 352). Aventure elle aussi déterminante, en effet, pour l'éducation du héros : le petit Français lui enseignait l'héroïsme ; la nonne lui a montré l'exemple d'un courage sans orgueil, dans l'accomplissement des tâches les plus ordinaires. Elle lui a appris que la simplicité et une vision naïve de la vie et de la mort pouvaient faire des « miracles » (p. 194).

10 Giuseppe et Pauline : l'ami et l'amie

La mort a emporté le petit Français ; obéissant à sa supérieure, la vieille nonne a quitté Angelo. Tous deux s'éloignent de lui. Tous deux aussi sont restés anonymes ; pour désigner le premier, Angelo se contente d'un surnom. Giuseppe et Pauline ont un nom, une famille, un passé ; ils sont tous les deux pour le héros des compagnons très proches, des amis. C'est lui qui s'éloignera d'eux pour redevenir, à la fin du roman, un cavalier solitaire.

GIUSEPPE

Le frère de lait

Le nom de Giuseppe apparaît pour la première fois au chapitre VI, sans autre information sur le personnage. Il faut attendre le chapitre suivant pour en savoir plus sur ce « réfugié italien » (p. 200) qu'Angelo recherche et que la nonne ne connaît pas.

Fils de Thérésa, nourrice d'Angelo, Giuseppe est le frère de lait du héros. Ils ont « à quelques mois près » (p. 232) le même âge ; ils ont grandi ensemble à Turin, inséparables mais toujours prêts à se battre « comme des chiens » (p. 259). Retrouver Giuseppe en Provence, c'est pour Angelo renouer avec son enfance et avec son pays. C'est « le fidèle Giuseppe » (p. 444) qui assure le lien entre Angelo et sa mère, lui qui remet à Angelo la lettre de la duchesse et l'argent qu'elle envoie à son fils.

De son aspect physique, nous ne connaissons qu'un signalement sommaire : celui qu'Angelo donne aux personnes qui pourraient l'aider à retrouver son ami. « C'est un grand, maigre et noir avec les cheveux frisés » (p. 221) ; on le reconnaît à « ses cheveux noirs bouclés « («comme du persil »), à sa lèvre inférieure épaisse («une lèvre de fille ») (p. 233). Nous apprendrons encore qu'il a des yeux « fort beaux », « animés d'un feu passionné » et veloutés de « très longs cils noirs » (p. 270).

L'ordonnance du colonel

Hussard lui aussi du roi de Sardaigne, Giuseppe a été en Italie l'ordonnance – autrement dit le serviteur – du colonel Pardi. Angelo avait sur lui la supériorité de la naissance et du grade ; et Thérésa exigeait que son fils témoigne à Angelo les égards dus à son rang. Giuseppe appelle donc Angelo « Monseigneur » (p. 253), mais il le tutoie ; et parfois il se rebelle ; alors coups de poings et coups de sabre succèdent aux embrassades.

Giuseppe est aussi cordonnier. C'est lui qui a fait les bottes d'Angelo, il en est fier, les entretient avec amour et en parle avec passion (p. 266-267). Mais son métier ne semble guère l'occuper. Il a autre chose à faire : il prépare la révolution. *Carbonaro* comme Angelo et comme lui en exil en France, il a, par ses menées, réussi à faire pendre à des réverbères quelques bourgeois de Manosque ; il a aussi organisé les ouvriers en une milice armée qui lui obéit. Ce commandement, qui l'emplit d'orgueil, lui donne à Manosque pouvoir sur Angelo. Il lui parle d'un ton d'autorité et n'hésite pas à lui faire la leçon. Entre les deux hommes, le rapport de forces s'est inversé.

La séparation

Le choléra redouble ; la peur s'empare de Giuseppe et le soumet de nouveau à Angelo. Au milieu des ouvriers, ce dernier n'était guère aimé ; il avait besoin de la protection de Giuseppe. C'est à lui maintenant de protéger son ami contre la peur, de lui tenir « la main toute la nuit comme à un enfant » (p. 288), de lui fournir des raisons de départ qui ménagent son orgueil. Angelo s'en va le premier, laissant derrière lui « son ami, son frère » (p. 295).

Il sera plusieurs fois encore question de Giuseppe dans les chapitres suivants. Angelo parle de lui à Pauline, plus curieuse pourtant de savoir qui est Lavinia (p. 336, 444). Et il porte sur lui la carte dessinée par Giuseppe ; une croix y fixe le lieu de leur rendez-vous. Mais Angelo renonce à gagner Sainte-Colombe : il prend avec Pauline la route de Théus. Giuseppe s'efface ainsi du roman. Il ne sera plus fait mention de lui dans les cinquante dernières pages. La rencontre des deux frères de lait n'aura été qu'un épisode apparemment sans suite. Angelo en a tiré cependant une leçon : sur la colline des amandiers, il a appris que les « vertus révolutionnaires » (p. 265) peuvent être redoutables.

PAULINE

Il faut attendre le chapitre XI et la page 401 pour savoir qu'elle s'appelle Pauline, et la page 442 (chap. XII) pour apprendre que, née Pauline Colet, elle est devenue marquise de Théus par son mariage. Enfin la page 489 (chap. XIV) nous permet de reconnaître, en « madame de Théus », « la jeune madame de Théus » entrevue au premier chapitre.

Un petit visage en fer de lance

Angelo la rencontre pour la première fois à Manosque, au chapitre VI. Elle n'est pour lui qu'« une très jeune femme » (p. 178) anonyme ; et très longtemps encore elle restera, pour le narrateur comme pour le héros, « la jeune femme ». Mais un trait remarquable la distingue aussitôt des autres jeunes femmes du roman : « un petit visage en fer de lance encadré de lourds cheveux bruns » (p. 179 ; *cf.* 300, 369, 409, 477, 501). « Plus brune que la nuit » au point que ses cheveux peuvent paraître noirs (p. 185, 300), elle les coiffe en chignon ; parfois elle les tresse, ce qui donne « l'air d'une petite fille » (p. 409) à cette jeune femme de vingt-trois ans qui en paraît « à peine vingt » (p. 184).

Comme la jeune préceptrice parisienne, elle a « les yeux verts », des yeux qu'elle peut ouvrir si grands qu'ils tiennent tout son visage (p. 181), « des yeux immenses » (p. 182) : « Je n'ai jamais vu des yeux aussi grands que les vôtres », s'étonne Angelo, qui admire encore « de petites oreilles », de belles jambes (p. 334), « un sourire charmant », des inflexions de voix très jolies (p. 356, 334, 490, 303). « Elle est très belle », se dit-il (p. 370 ; cf. p. 501).

L'image du fer de lance dessine la forme de son visage ; mais elle traduit aussi un caractère moral : Pauline est comme une arme acérée. Lorsqu'elle se sent menacée, elle fait face au danger, « droite comme un I » (p. 443) ou comme une lance dressée. Avec ses trois flammes « raides comme des pointes de fourche » (p. 179), le chandelier qu'elle tient en main, à Manosque, confirme l'image d'une femme prête au combat.

Pauline, marquise de Théus, née Colet

Fille d'un modeste médecin de campagne, Pauline Colet est orpheline de mère depuis sa naissance. Elle a connu une relative pauvreté et une enfance solitaire, privée de l'affection d'une mère et livrée à des frayeurs qu'elle a dû surmonter. Audacieuse par peur, avoue-t-elle : « Je ne sais pas fuir » (p. 443). Les longues chevauchées pour accompagner son père dans ses tournées l'ont aguerrie ; elle est devenue une parfaite cavalière, dressée à l'endurance ; et elle sait aussi marcher « comme un fantassin » (p. 430).

Son mariage avec un homme beaucoup plus âgé, mais qu'elle admire, l'a introduite dans le monde romanesque de la noblesse et de l'héroïsme.

Légitimiste[1], le marquis de Théus mène contre la Monarchie de Juillet une guerre secrète que le roman nous laisse deviner (p. 451), mais sur laquelle *Angelo* (1958) et *Les Récits de la demi-brigade* (1972) nous informent davantage. « Expert en bottes et en pistolets », il a appris à Pauline « à charger à double balle » (p. 402), en déchirant « la bourre avec les dents comme un troupier » (p. 324). Cette éducation virile l'a préparée au rôle d'héroïne qu'elle va jouer dans la troisième partie du roman (chap. X-XIV). Ses lourds pistolets en mains, la mince jeune femme incarne à la fois la beauté et le courage.

---

1. Légitimiste : partisan de la branche des Bourbons et hostile à celle d'Orléans, donc à Louis-Philippe.

11 La mort

LE CHOLÉRA

Sa présence est soudaine et bientôt obsédante. Rien n'avait prévenu Angelo. Pourtant, dès les premières pages du roman, la chaleur accablante, l'absence de toute vie, des odeurs écœurantes marquaient son entrée dans un monde insolite : « ceci n'est pas naturel », constatait-il (p. 47). Les premiers cadavres qu'il découvre lui laissent deviner un drame mystérieux, dont le jeune médecin lui donne la clef : « c'est le choléra *morbus* » (p. 55). Désormais, tout au long de sa route s'offriront à sa vue malades, agonisants et cadavres, tombereaux où l'on charge les corps, bûchers où on les brûle. La guérison de Pauline, brutalement frappée par le choléra mais sauvée par Angelo, marquera enfin la sortie du royaume de la mort.

Le triomphe de la mort

Le choléra, c'est d'abord un surprenant désordre dans la nature, puis un bouleversement dans la vie des hommes. Mais c'est surtout « la présence continue de la mort » (p. 463). Impitoyable, elle n'épargne ni les enfants, ni les très jeunes femmes dont Angelo découvre aux Omergues, à Peyruis, à Manosque, le cadavre parfois horriblement défiguré. Pareille à « un tireur posté », la mort tire « à droite, à gauche » (p. 278), sans jamais manquer sa cible. « Cette entreprise délibérée de la mort, cette victoire foudroyante » (p. 166) dont Angelo est le témoin du haut des toits de Manosque, puis sur la colline des amandiers, manifestent une volonté maléfique et acharnée qui laisse les hommes sans défense et sans secours. « Je n'en sauverai pas un », dit le jeune médecin ; et Angelo : « Ils me sont tous morts dans les mains » (p. 67, 494). Si l'on excepte, au premier chapitre, les coliques d'Angelo, vite calmées, ou le choléra que s'est « inventé » le clarinette solo du chapitre XII et, au chapitre VII, la « syncope cholérique » de l'homme que raniment les seaux d'eau de la nonne, le roman ne compte qu'un seul cas d'authentique guérison : celle de Pauline, au dernier chapitre.

La mort est partout. Elle peut se cacher dans la fourrure d'un chat, « dans la veste du passant » (p. 432) ou les jupes de Pauline. Elle prend la forme de « miasmes délétères », de « poussières » ou de « petites mouches » qu'on avale en respirant (p. 38, 263, 360) ; elle est « la mouche » (p. 427), invisible et insaisissable.

Visages de la mort

À ceux qu'il frappe, le choléra impose aussitôt sa marque, son masque ; il leur modèle un « visage atroce » (p. 48). Dans le temps de l'agonie, ce « faciès [est] un tableau vivant qui [exprime] la mort et ses méandres » (p. 278). La mort fige ensuite les traits en une grimace affreuse ; la maigreur des visages bleuis fait saillir des « nez immenses, effilés comme des lames de couteaux », les yeux sont « enfoncés dans les orbites », « les lèvres retroussées sur des dents cruelles » (p. 51, 107). Voici le cholérique changé « en chien enragé qui va mordre » (p. 107). Le choléra impose aussi aux corps des mouvements désordonnés d'« une fureur folle » (p. 115), qui se prolongent au-delà de la mort comme une danse macabre[1].

L'ÉPIDÉMIE

L'état de guerre

Le choléra est une maladie qui souille : il fait fuser des « jets de dysenterie », la bouche dégorge « une matière blanchâtre semblable à du riz au lait » qui répand « une effroyable odeur » (p. 193, 52, 493). Cette « mort qui fait vomir » (p. 389) n'est pas sanguinaire. Le sang ne coule

1. Représentation médiévale de la Mort entraînant les humains de toutes conditions dans une ronde infernale. Giono avait d'abord pensé à donner à son roman le titre de *Danse des morts*.

que trois fois dans le roman : du nez de Giuseppe qu'Angelo a frappé d'un coup de poing, de la main d'un paysan blessé par Pauline, d'un porc qu'on vient d'égorger (p. 281, 414, 354). Par cette absence de sang versé, le choléra se distingue des tueries guerrières ; son irruption instaure pourtant un véritable état de guerre. Contre lui les habitants des villes se mobilisent, dressent des barricades. L'armée elle-même tient les routes et garde les forteresses ; mais les plus redoutables sont les bourgeois qui ont des fusils, les ouvriers poussés au meurtre par des agitateurs, les villageois prêts à assassiner pour voler.

Peur et égoïsme

Le temps des assassins est aussi le temps des profiteurs. Angelo doit acheter à prix d'or, parfois sous la menace d'un fusil, un peu de nourriture, une voiture, ou ses propres bagages confisqués par les soldats. « Le choléra est une saloperie, mais le reste est une saloperie encore pire », assure le policier de Manosque (p. 127) ; et le vieux docteur du chapitre XIII diagnostique « une épidémie de peur » (p. 463). Or, Angelo en a fait l'expérience, « la peur est capable de tout et elle tue sans pitié » (p. 88). « L'esprit de conservation » (p. 339) dresse en effet les hommes les uns contre les autres.

Le choléra, dit le vieux docteur, « exaspère dans tout le monde le fameux égoïsme congénital » ; et il ajoute : « on meurt littéralement d'égoïsme » (p. 463). Il s'agit cette fois d'un paradoxe. Il entend par «égoïsme», non le seul souci de soi, de sa tranquillité et de sa sécurité (voir p. 21, 75, 193), mais une aspiration à un plus grand développement de soi, qui ne peut se réaliser qu'au-delà de la vie : « *un sursaut d'orgueil* » (p. 474). Le cholérique « *crève d'orgueil* » : « l'autre côté des choses » vient de lui apparaître et il brûle « d'en connaître plus » ; il a « *trouvé mieux* » que ce que lui offre la vie (p. 476, 477, 479).

Dans cette interprétation, le choléra cesse d'être un fléau exceptionnel et même une maladie. Il devient l'image de la vie et de la condition des hommes. « Le choléra n'est pas une nouveauté » (p. 361), affirme le paysan de Charouilles ; « c'est simplement le temps qui met les bouchées doubles »

(p. 360). D'autres que lui refusent de voir là un phénomène hors nature. Un aubergiste pense que la contagion, c'est « de la blague » ; pour le petit drapier de Manosque, « choléra, c'est beaucoup dire et c'est avec des mots qu'on fait peur » (p. 332, 214). Le musicien marseillais a compris, lui, « que le choléra pouvait s'inventer » ; le vieux docteur accepte seulement de reconnaître qu'il « n'est pas tout à fait le produit de l'imagination pure » (p. 420, 463).

Temps modernes et Moyen Âge

Le XIXe siècle où Giono situe l'action est « une époque de manufactures » (p. 257), marquée par le développement industriel et la quête du profit. La prudence et le goût de l'argent font des âmes de « boutiquiers » (p. 245) et de bureaucrates, soucieux de leur confort et de leur tranquillité. « Tout le monde va devenir fonctionnaire », constate Angelo qui ajoute : « je ne vois pas ce que je fais dans tout ça » (p. 404).

Mais, avec le choléra, voici revenu le temps des grandes terreurs, des délires ou des crimes collectifs, des superstitions. « Nous sommes en plein Moyen Âge » (p. 339), constate un voyageur qui raconte à Angelo les mascarades au cours desquelles on brûle « le père choléra ». Le musicien de Marseille sait, pour sa part, qu'« une petite bourgade des montagnes » peut devenir un lieu de turpitudes et de dépravations. Les superstitions vont bon train : le « mal » (p. 169) est un homme barbu, ou bien un cheval, une comète ; Angelo lui-même n'est pas loin parfois de penser au diable, s'il décèle une odeur de soufre (p. 436).

Dans ce temps de « malédiction » (p. 192) Angelo songe-t-il à un châtiment divin ? Il croit comprendre que le choléra déchaîne « des ivresses dont Dieu est le cabaretier » (p. 142) ; il soupçonne, « mêlée à l'univers, une énorme plaisanterie » : « Il y a certainement quelque part quelqu'un qui doit bien rire » ; nous voici ramenés à « la mouche » qui, disait le clarinette solo, « doit bien rigoler » (p. 81, 132, 427). Ce Dieu qui fait perdre la raison à ses créatures et qui se moque d'elles n'est évidemment par le Dieu des chrétiens. Sur la porte fermée de l'église de Manosque, les coups frappés restent vains ; la Vierge invoquée ne répond pas. Les cérémonies auxquelles Angelo assiste – une procession, une veillée de prières – lui apparaissent comme des rituels étranges et lointains.

PAULINE ET ANGELO DEVANT LE CHOLÉRA

Pauline : la dernière victime

Sur le chemin de Théus, à quelques heures du but, Pauline est la proie du choléra – dernière victime du roman. Que Pauline soit soudain sans défense contre le mal peut surprendre. Des signes annonçaient pourtant ce moment de faiblesse et d'abandon. Les journées précédentes avaient été marquées par des défaillances passagères, révélatrices d'une fragilité que masquait la vaillance de la jeune femme. Angelo l'a-t-il quittée un instant ? Il la retrouve « pâle comme une morte » : « Elle claquait des dents » (p. 318). Un corbeau l'a attaquée, elle a tiré un coup de pistolet dont elle a honte. Plus tard, dans la ferme où l'on vient d'égorger un cochon, Pauline se trouve mal ; elle est « blême et frissonnante ». « Je vais vomir », dit-elle (p. 335). Dans la forteresse de Vaumeilh, elle est saisie de dégoût devant le chaudron de soupe autour duquel se précipitent les voyageurs mis en quarantaine ; et sa vaillance fait place à un profond découragement. « Elle n'avait pas l'air d'aller bien » (p. 392). Un peu plus tard, devant les bûchers de Saint-Dizier, la jeune femme met « la main sur ses yeux », elle paraît « interloquée, soucieuse, comme prise sur le fait » (p. 429, 427). Un matin, la voici « préoccupée et comme honteuse » (p. 457). Est-ce la fatigue de son équipée, ou les premiers symptômes de la maladie qu'elle incube ? Sa dernière faiblesse est de se précipiter sur le repas offert par le vieux docteur : « Angelo remarqua que la jeune femme dévorait de façon brutale » (p. 468). Dominée par sa « gourmandise », elle a oublié la prudence alimentaire qui a été sa règle pendant l'épidémie. Il aurait été plus sage de se contenter encore de cette polenta que lui préparait Angelo selon les recettes de son pays. Avec la farine de maïs dont il la compose, il fera une tisane pour la malade : la tisane qu'« on lui faisait prendre quand il était petit et qui sauvait de tout » (p. 496) ; remède de son enfance, qui, peut-être, contribue en effet à sauver Pauline.

Angelo : le « bon côté du choléra »

Angelo cède lui aussi à la gourmandise. Il est parfois sujet à la peur, lorsque « quelque chose d'inattendu » (p. 51) agit sur ses nerfs. Il peut être pris de dégoût, au point de vomir (p. 28, 50, 79, 114, 148, 162) ou même de « tourner de l'œil » (p. 51). Enfin, il a ressenti des coliques qui pouvaient être les premières manifestations de la maladie. Mais ses peurs sont vite dominées et ses coliques bientôt calmées. Dès lors Angelo trave7rse le choléra en toute sécurité, en dépit des contacts répétés qu'il aura avec des malades ou des morts.

L'immunité d'Angelo est sans doute celle d'un héros de roman, invincible et invulnérable. Mais elle se charge de quelque ambiguïté. Il existe, entre lui et le choléra, une étrange connivence. Il y a, pour lui, un « bon côté du choléra » (p. 201). Avec le choléra, dit-il encore, « je ne fais pas trop mauvais ménage » (p. 352). La crédulité populaire voit en lui l'incarnation du « mal » (p. 169). On l'appelle « le corbeau » (p. 283). L'oiseau passait pour transmettre la contagion ; c'est un corbeau qui frappe au front Pauline : « Ce charognard avait certainement du choléra plein le bec » (p. 318), s'inquiète Angelo. « Le corbeau », c'est aussi le nom qu'on donne aux hommes chargés de fossoyer les morts. À l'approche d'Angelo, les moribonds saisis de peur meurent soudainement.

Voici enfin Angelo plus redoutable que le choléra : « La contagion me craint comme la peste », assure-t-il (p. 335). Avec lui, le choléra a trouvé un adversaire plus puissant que lui. Ce pouvoir du héros est en fait un pouvoir moral ; il tient à une certaine qualité d'âme qui le préserve du mal. En Pauline cette qualité se retrouve, mais sans doute à un degré moindre. Sans le secours d'Angelo, elle serait à la merci de la mort.

12 La liberté

CHOLÉRA ET RÉVOLUTION

Dans l'esprit d'Angelo, choléra et révolution s'associent facilement (p. 138, 174, 214, 353). L'un et l'autre, en effet, bouleversent la vie quotidienne et désorganisent la société. L'épidémie comme l'insurrection renversent l'ordre établi pour instaurer un ordre nouveau. Mais l'une fait régner la mort ; l'autre se bat pour libérer le peuple de « l'esclavage » (p. 265). Sauver le peuple italien, lui donner la République qu'il mérite, « voilà le devoir de ma vie », pense Angelo. Comme Giuseppe, il s'est engagé à « servir la cause de la liberté » (p. 359). La « lutte pour la liberté », « le combat de la liberté », « les combats pour la liberté » (p. 206, 291, 317, 336) : ces expressions reviennent sans cesse dans ses paroles et ses pensées. Elles traduisent sa préoccupation constante, sa « passion » (p. 489), un engagement que rien ni personne – pas même Pauline – ne pourra rompre. « Je ne suis pas seul en cause », dira-t-il à la jeune femme pour justifier son départ de Théus : « il faut vraiment que je combatte pour la liberté » (p. 489).

Mais, pour que triomphe la liberté, il faut parfois donner la mort : Angelo a tué le baron Swartz ; Giuseppe a fait pendre des bourgeois de Manosque. Il faudra plus tard se « battre dans les rues [...] et tuer des soldats qui seront peut-être les fils » de paysans pauvres (p. 351). La révolution peut donc se montrer aussi effrayante que le choléra ; comme lui, elle déchaîne la peur. Elle peut aussi se retourner contre ceux qui la servent et dont elle se sert. Angelo ne l'ignore pas ; il serait sans doute l'une de ses premières victimes. Giuseppe l'en avertit : « il s'agira de te laisser crever en prison, même (qu'est-ce que je dis ? surtout !) quand l'Italie sera libre » (p. 290).

GIUSEPPE : L'ACTION COLLECTIVE

Sur la colline des amandiers, Giuseppe incarne une forme de pouvoir révolutionnaire que Giono récuse. Proche des communistes dans les années qui précèdent la Deuxième Guerre mondiale, l'écrivain leur devient vite suspect et, dès 1935, il prend ses distances d'avec eux. Voyant le totalitarisme stalinien s'affirmer en URSS, il écrit dans son *Journal,* à la date du 21 mars 1936 : « Je ne veux rien défendre, même pas la dictature du prolétariat. Ni elle, ni rien ne vaut la vie d'un homme. » C'est des communistes que viendront à la Libération les attaques les plus violentes et les accusations de collaboration qui provoqueront son arrestation.

De l'amertume et des déceptions du romancier naît le personnage de Giuseppe. Il représente l'aptitude à rassembler, à discipliner et s'il le faut à manœuvrer des militants en vue d'une action de masse. La qualité de ces militants n'est pas mise en cause par Angelo ; il admire leur sérieux, il les voit « sévères mais obligeants » et « serviables » (p. 268, 256). Pourtant il est vite agacé par cette « organisation de milice » (p. 275) d'où toute initiative individuelle est exclue. Mais c'est contre Giuseppe que se tourne sa colère, dès qu'il découvre en son ami un homme prêt à tout pour arriver à ses fins, un militant pour qui l'efficacité l'emporte sur toute autre considération, et même sur l'amitié. Michu, l'un des hommes de Giuseppe, a été payé avec l'argent d'Angelo pour faire assassiner quelques « messieurs huppés » (p. 267) ; et Angelo a failli être sa victime. Quand Giuseppe l'apprend, il en rit ou en parle froidement : « Angelo se fâcha tout rouge », « Angelo s'emporta » (p. 264, 265).

Giuseppe lui démontre alors que les scrupules sont un luxe que ne peut s'offrir la révolution ; que, « pour la bonne cause » (p. 294), tous les moyens sont bons ; qu'il ne faut pas se croire tenu par les principes qu'on affiche, mais faire « la part du feu » (p. 284) ; tricherie, mensonge, délation, ces « fausses cartes » (p. 265) sont utiles ; lâcheté et trahison, ce sont des « mots de bourgeois » (p. 294). Enfin « il faut savoir se servir des autres », au besoin pour s'en faire un rempart contre les balles (p. 288).

Il y a pire, Angelo soupçonne que la liberté promise n'est qu'un leurre. Car, « pour donner la liberté au peuple, il faut d'abord devenir son maître » ; « la première vertu révolutionnaire, c'est l'art de faire foutre les autres au garde-à-vous » (p. 142). Mais comment ensuite rendre libres des hommes qu'on aura asservis aux « mots d'ordre » (p. 138) ? Angelo commence à le comprendre, ceux qui promettent la liberté songent surtout à s'assurer le pouvoir ; le peuple, lui, aura seulement changé « de tyran » (p. 140).

ANGELO : L'AVENTURE SOLITAIRE

Angelo et la liberté

À vingt-cinq ans, Angelo a l'ingénuité d'un adolescent. Il croit à la liberté, il la voit « comme les croyants voient la Vierge » (p. 139), « sous les traits d'une belle femme jeune et pure marchant à travers les lys d'un jardin » (p. 140) ; la passion qu'il éprouve pour elle lui fait perdre « son sens critique » (p. 140). Il veut donner la République au peuple, dont il admire les vertus ; son rêve est d'être le sauveur de l'Italie, le bienfaiteur de l'humanité (p. 272, 489).

Naïf mais lucide, il peut se laisser emporter par sa passion et par ses rêves, sans cesser pourtant de peser ses actes et ses paroles. Ces examens de conscience mettent à nu les mobiles profonds de sa conduite. Il craint alors d'aimer le peuple « comme on aime le poulet » (p. 297) ; il reconnaît que, dans la lutte qu'il a entreprise « pour la liberté du peuple », « le mot peuple peut être enlevé du débat sans inconvénient », et même « le mot liberté » : « Alors, la lutte ? Oui, ce mot-là peut rester » (p. 206-207). La lutte : c'est-à-dire la démonstration de sa vaillance. Angelo n'a pas les « vertus révolutionnaires » prônées par Giuseppe (p. 265), mais il défend des valeurs chevaleresques. Il ne sait pas assassiner, ni « se servir des autres ». Au « bonheur de l'humanité » il est prêt à « sacrifier sa vie » (p. 489), mais il ne sacrifiera pas son honneur.

Solitude et liberté d'Angelo

« Rien ne nous oblige à être seuls », dit Giuseppe (p. 265). Mais Angelo a le goût et le besoin de la solitude. S'il accepte la compagnie d'autrui, c'est pour une solitude à deux : avec le petit Français, avec la nonne, avec Pauline. Il lui arrive alors de regretter la liberté plus grande dont il jouissait avant : « Comme tout serait différent si j'étais seul », se dit-il (p. 339) quand il constate que la présence de Pauline lui impose des précautions, des contraintes. Lorsqu'elle lui avoue qu'elle ne sait « par quel côté [le] prendre », il réplique : « Je ne cherche pas à être pris. Au contraire » (p. 441). « Est-ce que je me trompe [...] si je me crois plus grand quand j'agis seul ? » dit-il encore (p. 139). Quand personne ne lui dicte sa conduite, alors, en effet, Angelo peut agir conformément à ses principes. « Je ne peux pas être heureux hors du devoir », déclare-t-il à Giuseppe (p. 290). Devoir exigeant, qui le force à la prouesse. La récompense en est la conscience de sa valeur ; elle seule peut faire accéder Angelo « au comble du bonheur » (p. 91, 414, 501).

En s'éloignant de Turin, sa ville natale, de sa nourrice Thérésa et de la duchesse Pardi, sa mère, Angelo a quitté tout ce qui l'attachait encore à son enfance. Comme les héros des romans de chevalerie, le voici maintenant engagé dans une aventure solitaire, en quête de prouesses. Véritable chevalier errant, il cherche l'occasion de mettre sa vaillance au service des plus faibles ou de ceux qu'il peut seconder : au service du petit Français et de la nonne, de la préceptrice parisienne et de Pauline. Seul maître de ses combats et de ses engagements, il jouit d'une « liberté très personnelle » (p. 298), qui se traduit dans sa désinvolture, dans la gratuité et l'imprudence de son action, dans l'élégance de sa conduite.

13 L'amour

LE CHEVALIER SERVANT

Le chevalier errant devient bientôt un chevalier servant, défenseur des dames et des demoiselles.

Angelo prend d'abord sous sa protection la jeune préceptrice parisienne et les deux enfants qu'elle accompagne. Dans la nuit, la flamme de son briquet éclaire une jeune femme si élégante qu'elle lui semble « irréelle », et deux enfants qui lui paraissent « féeriques » (p. 86). Pour cette jeune femme, Angelo affronte un paysan qui le menace de son fusil ; pour elle, il renonce à sa liberté et se laisse enfermer dans la quarantaine de Peyruis. Pour elle, il s'évade, veut la délivrer et la conduire à sa destination. Seule la mort met fin à l'aventure. Pour éviter des explications, Angelo avait dû présenter la jeune femme comme « sa jeune femme » ; pour l'aubergiste de Peyruis, elle était évidemment « sa femme » (p. 104-105).

Cet épisode préfigure la rencontre de Pauline, rencontre nocturne, elle aussi. La jeune femme lui apparaît soudain, éclairée par les flammes d'un chandelier et « plus brune que la nuit » (p. 185). Dès que le hasard réunit à nouveau les deux jeunes gens, Angelo se met au service de Pauline et l'accompagne jusqu'à sa destination. Pour elle, il affronte les sabres des dragons, il accepte d'être enfermé avec elle dans la forteresse de Vaumeilh. Il n'a pu libérer la jeune Parisienne ni la sauver du choléra ; mais il s'évade avec Pauline et il l'arrache à la mort.

Ici encore, un insensible glissement s'opère dans les relations du jeune homme et de la jeune femme. Ils n'étaient d'abord, aux yeux d'Angelo, que des « camarades » ; elle devient « son amie » ; puis ils sont « des compagnons », elle est « sa belle » (p. 336, 363, 432, 480). Angelo a trouvé commode une première fois de la présenter comme sa femme ; dans la tour de Vaumeilh, on les prend pour « mari et femme » ; à quelques heures de Théus, quand on a reconnu en elle « madame la marquise », Angelo passe pour le « marquis » (p. 334, 385, 498).

LA CARTE DU TENDRE

Au tome premier de sa *Clélie* (1654), la romancière Madeleine de Scudéry avait dessiné une « carte du Tendre ». Elle y figurait, par des routes jalonnées de villages aux noms évocateurs (Nouvelle-Amitié, Sincérité, Grand Cœur ou Respect), les étapes par lesquelles un homme et une femme peuvent parvenir de l'amitié à la tendresse amoureuse. Le vieux docteur cite la « carte du Tendre », mais, curieusement, pour illustrer les progrès de la mort et non ceux de l'amour (chap. XIII, p. 474).

Le chemin qui mène Pauline et Angelo de l'estime à l'amitié, puis de l'amitié à l'amour, s'inspire pourtant du voyage des héros de Mlle de Scudéry au pays de la Tendresse. L'un et l'autre commencent à souligner ce qui les rapproche. « Je suis comme vous, dit-elle, je n'aime pas beaucoup les rires gras » ; ou : « Je n'aimerais pas mourir de cette façon-là. – Moi non plus », répond Angelo (p. 311, 326). Puis ce sont les premiers signes d'une tendresse naissante : attention à l'autre, à son bien-être, à sa santé. Angelo prête-t-il des bas de laine à Pauline pour qu'elle ait « très chaud aux pieds » ? Pauline accepte en souriant : « On ne peut guère résister à une galanterie aussi bien intentionnée, dit-elle » ; et, aussitôt, elle pense à lui : « Mais, vous-même, avez-vous pris des précautions ? » (p. 335). Il s'inquiète, en rougissant, des écorchures que pourrait causer à la jeune femme une longue traite à cheval : « Je suis étonnée de cette tendresse si sûre d'elle-même que vous avez pour tout le monde, moi comprise, dit-elle » (p. 335).

Dans la banalité des recommandations vestimentaires, ou culinaires, Pauline sait deviner qu'un sentiment se cache. Les premiers malaises de la jeune femme vont les porter encore plus près l'un de l'autre. Déjà l'extrême frayeur provoquée par l'attaque du corbeau avait trahi Pauline : elle avait détourné d'Angelo ses « yeux grossis de pleurs et maintenant inondés de tendresse » ; il l'avait apaisée, comme on calme les chevaux effrayés, en la « flattant » de la main : première caresse (p. 318). Si la vue du porc égorgé la fait se trouver mal, il prend soin d'elle, la couvre, l'étend, lui soutient la nuque. La peur qu'il a eue et qu'il lui avoue, Pauline à son tour l'évoque lorsque Angelo veut se battre contre la garnison de la forteresse. Elle intervient aussitôt : « Je vous défends de vous battre de cette façon-là » ; son « visage soudain bouleversé », la rougeur de ses pommettes, le tremblement de ses lèvres frappent Angelo (p. 369).

Enfin l'attaque brutale de choléra dont la jeune femme est victime met fin à la distance respectueuse qui les séparait. Angelo soulève la tête de Pauline, sent couler sur ses mains ses cheveux dénoués ; saisi d'« une sorte de fureur tendre », il arrache les vêtements de la malade, il frictionne ses jambes, ses cuisses, avant de s'endormir de fatigue, la joue sur le ventre de Pauline (chap. XIV, p. 491-492). Quand il s'éveille, Pauline, déjà convalescente, le tutoie tendrement ; il voit soudain « le ventre et les cuisses nues » de la jeune femme, et il rougit (p. 495).

UN AMOUR QUI NE S'AVOUE PAS

Les cinq derniers chapitres du roman constituent un roman d'amour où l'on ne dit jamais « Je t'aime ». Ni Angelo ni Pauline ne s'avouent leur tendresse ; ils ne semblent même pas prendre une réelle conscience d'un « attachement profond » dont les autres relèvent « les marques évidentes » (p. 479). Dans les premiers moments de leur aventure, Angelo pense à la jeune femme « comme à des chariots d'arrière-garde qu'il faut protéger à tout prix » (p. 312). À tout prix, il est vrai, et sans doute au prix même de la vie. Mais la comparaison, très militaire, n'est guère galante. L'assimilation de Pauline à un cheval effrayé qu'il faut calmer ne l'est pas davantage. Lorsque la jeune femme note la « galanterie » et la « tendresse » des conseils d'Angelo – porter des bas de laine ou manger de la polenta –, elle y met quelque ironie. En appelant camaraderie les liens qui les unissent, Angelo nie ou feint d'oublier qu'il est un homme, qu'elle est une femme. S'il lui touche les cheveux, c'est, pense-t-il, qu'il y est « obligé » (p. 356) par les soins qu'il lui dispense. S'il met de la tendresse dans son invitation à se reposer, il veut y voir une ruse pour se faire mieux écouter : « Il se disait : " Si je ne suis pas aimable, elle s'entêtera "...» (p. 430).

Il reconnaît, il est vrai, que Pauline ne lui est « pas indifférente du tout » (p. 446). Il en veut pour preuve qu'en l'accompagnant chez elle, il se détourne de son chemin. Jamais Angelo n'a été plus proche d'un aveu ; mais c'est pour protester contre l'indifférence qu'elle croit trouver en lui. Peut-être y a-t-il quelque provocation dans la remarque de Pauline. Chez elle, la passion naissante se trahit en effet par des mouvements de jalousie. Si Angelo lui parle « des combats pour la liberté », elle l'interrompt : « Qui est Lavinia ? » – « votre Lavinia», dira-t-elle peu après (p. 336, 342). S'il lui parle de ses deux années à Aix, elle insinue : « Il y a de très jolies femmes à Aix [...]. Vous avez dû être leur coqueluche » (p. 454). Son amour se dit enfin tout entier, très simplement et sans phrase, lorsqu'elle tutoie Angelo, affirmant ainsi l'intimité tendre qui désormais les lie. Mais Angelo continue à la vouvoyer, comme s'il refusait d'admettre cette intimité.

Pauline est mariée, il le sait ; et il sait qu'elle aime son mari. Il a aussi une mission à remplir : se détourner jusqu'à Théus, s'y arrêter quelques jours, seront ses seules concessions à un amour que toute sa conduite proclame. La pudeur, le respect, la loyauté, le devoir enfin justifient cette attitude de défense contre l'amour, ou cette sorte de distraction qui semble parfois aveugler Angelo.

Le héros et l'héroïne s'aiment au point de « se sacrifier l'un pour l'autre » (p. 478). Ils se séparent pourtant, à la dernière page, sans un adieu ni un au revoir, sans regrets et sans promesses, sans déchirement apparent. Cette retenue, cette pudeur font l'originalité, la délicatesse, l'humour aussi de cette histoire d'amour contée par Giono.

14 L'écriture romanesque

UN RÉCIT LINÉAIRE

Giono a adopté, dans son roman, la technique de narration la plus simple : il raconte les événements dans leur ordre chronologique, du premier au dernier jour des aventures du hussard en Provence. Il assure ainsi au récit un mouvement continu, qui maintient la curiosité sans jamais la décevoir par des interruptions ou des attentes. Il ne pratique ni portraits en forme, ni descriptions préalables des décors. Les traits d'une physionomie ou d'une silhouette, les détails d'un paysage ou d'un mobilier sont notés cursivement, comme ils sont vus par le héros au cours de ses déplacements ou de ses rencontres.

Des personnages, il retient le plus souvent un caractère physique ou un accessoire vestimentaire qui suffiront à les identifier ; ainsi « le vieux monsieur avec la jolie petite barbiche blanche », « l'homme à la cravate de faille », « l'homme à la redingote » ; ou plus simplement encore : « la petite barbiche blanche », ou « la barbiche » ; « la cravate de faille », ou même « la cravate » (p. 103, 123, 460 ; 95, 94, 124, 125).

Récits dans le récit

Ces récits s'inscrivent à l'intérieur du récit principal. Le narrateur laisse alors la parole à Pauline, ou au clarinettiste. L'une raconte comment elle a connu et épousé le marquis de Théus ; l'autre comment il a quitté Marseille pour fuir le choléra (chap. XII, p. 447-451 ; 419-426). Le récit de Pauline est entièrement à la première personne et d'une seule venue. Celui du musicien marseillais, plusieurs fois interrompu par des questions de Pauline, par des interventions ou des réflexions intimes d'Angelo, est présenté tantôt au style direct – alors nous entendons la voix du clarinettiste (p. 419) –, tantôt par le relais du narrateur, au style indirect libre (p. 421).

Animé par ces changements de voix et de rythmes, ce récit particulier s'insère parfaitement dans l'action. Celle-ci ne s'est pas interrompue : Angelo et Pauline sont en route pour Saint-Dizier, et le clarinettiste qui les accompagne parle « en marchant » (p. 422).

LE JEU DES LANGAGES

Les niveaux de langue

La langue de Giono, dans *Le Hussard sur le toit*, se caractérise par sa mobilité et sa diversité. Elle passe avec aisance de la concision à la profusion, de l'ironie au lyrisme, elle sait prendre tous les tons, faire entendre tous les langages, du plus familier au plus châtié.

Les petites gens de Manosque, les militaires ou le jeune médecin ont ainsi une manière à eux de parler, familière et expressive : « Comment qu'on lui dit ? », « Où c'est que tu perches ? » ; « Tu m'as tout salopé en foutant mes trucs barque à travers » (p. 220, 221, 222). Ou encore : « Foutez-moi dans le pif à ces gueusards », « Tu ne voulais pas caner, hein ! Couillon, va ! » (p. 123, 63, 65).

On trouve dans le roman le langage des métiers : celui du cordonnier, qui parle de ligneul glacé, de poix, de crème à vernir ; celui du médecin qui parle de collapsus, de calomel et de dysenterie. Les dernières pages du chapitre XIII (p. 481-485) sont presque littéralement copiées d'une *Relation médicale* de 1832 sur le choléra *morbus*.

Mais les mots les plus usuels peuvent prendre, chez Giono, une saveur ou une valeur singulières. Mis en italiques, ils sont porteurs d'une intention, ou d'une intonation qui les détache : « Avec des *vivres*, comme on dit » ; « une fameuse *giclée*, dit-elle » (p. 173, 324). C'est parfois une expression qui se voit mise en relief : « des visages *à la primavera* », « avoir la *vue basse* » (p. 255, 140) ; ou un surnom: « le *petit Français* » (p. 395) ; ou encore une phrase entière « *Nous avons nos pauvres* » (p. 371).

Ce goût pour les mots peut aller enfin jusqu'au jeu de mots, aux calembours même les plus usés : « L'occasion fait le lard rond [larron] » ; « nous allons parler en vers [envers] et contre tous » (p. 19, 454).

La réflexion sur le langage

Angelo montre une attention scrupuleuse à ce qu'il dit et à la manière dont il le dit. Il se reproche « une phrase trop polie » (p. 12) ; il s'interroge : « Est-ce que je dis bien le mot qu'il faut dire ? » (p. 205). À chaque situation, il cherche à adapter son langage. Quand il est troublé, il recourt au « langage troupier », « avec le plus possible de *foutre* et de *bougre* », en raison de « la haute valeur thérapeutique de ces mots simples » (p. 141). Il se parle « en langage sergent pour se donner du cœur au ventre » (p. 51). Se sent-il plus à l'aise ? Il retrouve l'élégance du gentilhomme: « Faites-moi la grâce, madame, de galoper droit devant vous » (p. 307). Pour éviter tout pathétique, il raconte ses aventures avec la nonne « avec des mots gris et sans aucun adjectif » (p. 301). Il juge parfois opportun de faire « un petit discours », et parfois de garder le silence : « Il lui rendit l'arme sans un mot. Il voulait être parfait » (p. 415, 428). Ou bien il a « l'esprit de faire des phrases courtes sans emphase » (p. 382).

Angelo sait aussi que le ton sur lequel on s'exprime compte parfois autant que les paroles. Selon les circonstances et l'interlocuteur, il parle « d'un ton fort sec », ou « d'un ton de salon », « avec une certaine gravité italienne» ou encore « avec le plus grand naturel » (p. 71, 124, 361, 431).

Chez Angelo, cette constante surveillance du langage traduit un caractère et une situation. Ce solitaire n'est guère à l'aise dans ses relations avec les autres ; et il parle une langue qui n'est pas la sienne. Il craint par-dessus tout d'être ridicule, mais son attention à bien parler le conduit parfois à parler « une langue assez étrange » (p. 313). Pauline elle-même se souvient en riant des premiers mots d'Angelo, la nuit de leur rencontre : « Je suis un gentilhomme » (p. 179) ; « exactement ce qu'il fallait dire », avait-elle reconnu ; il y avait pourtant là « quelque chose de comique » (p. 301).

Le contrôle minutieux qu'Angelo exerce sur sa parole transpose aussi l'activité même du romancier, quand il écrit dialogues et monologues, ou le texte du narrateur. Entre Angelo et Giono, des affinités secrètes se décèlent. L'un avec une application naïve, l'autre avec la maîtrise de son talent d'écrivain, mettent en œuvre le langage et en jouent.

LE JEU DES IMAGES

À l'exception de quelques pages où le récit, plus tendu, choisit la sobriété et la rapidité, le roman se gonfle volontiers d'un système d'images qui dilate le texte. Comparaisons ou métaphores, on relève dans le roman près de quatre cents de ces images.

Certaines, banalisées, ont perdu tout pouvoir d'évocation. « Légères comme des plumes » ou « laid comme un pou » ne nous donnent à voir ni plumes ni pou.

Mais si les forêts fondent « comme des blocs de lard » (p. 31), si l'air saute « comme un chat » (p. 138), si les flammes claquent « comme une danse de paysannes en patins sur un parquet de bois » (p. 235), une vision s'impose qui tient à l'étrangeté du rapprochement. « Le papier de verre de la lumière », des « étendards de mouches », « le ressac anguleux des toitures » ou « un caillot noir de charrettes » (p. 23, 142, 299) ont la même force poétique. Une métamorphose s'opère ; à l'objet regardé s'ajoute ou se substitue un autre. On nous montrait les flammes d'un brasier : voici une danse paysanne ; des charrettes arrêtées : un caillot de sang sur la route.

Registres dominants

Ce déplacement de l'attention ouvre à l'imagination un espace de rêverie, en marge et au-delà de l'espace où se situent les événements racontés. L'univers imaginaire ainsi créé possède ses caractères propres. Certains registres de comparaisons y dominent. Registre animalier, auquel nous renvoient aussi bien un village qu'un ruisseau, une forêt, la pluie, des flammes, un prêtre, des soldats. Registre minéral : la nonne est un rocher, la lumière est d'acier, l'herbe, le soleil, le ciel sont de craie, de chaux ou de plâtre ; un visage de femme est taillé dans l'onyx. Mais une bergerie a un crâne, une mâchoire, des orbites ; une route a des reins, une tête ; les tuiles des toits ont une peau, les portes des maisons soufflent une haleine.

La place occupée, dans ce système d'images, par celles du corps humain, et particulièrement du corps souffrant et du squelette, ne peut surprendre : *Le Hussard sur le toit* est un roman de la maladie et de la mort. Les images du feu s'accordent, elles, au climat brûlant d'un été où la chaleur monte « comme dans un four dont on a fermé la porte » (p. 273). Le registre marin est plus inattendu ; pourtant, avec ses vagues, son ressac, son écume et son clapotis, avec ses coups de mer et ses coups de vent, il confirme le sentiment d'une perpétuelle instabilité du monde.

Métamorphoses

La terre devient la mer, les êtres vivants et les choses échangent leurs formes et leurs règnes. Le choléra lui-même opère comme un magicien. Il change les hommes en chiens, Angelo en « corbeau ». Il teint en bleu les visages et les corps, il décolore le ciel. Il empuantit l'air d'odeurs oppressantes : « odeur de nids pourris », « violente odeur de fumier d'oiseau », « épouvantable odeur de cuisine » (p. 23, 29, 164).

Dans ce monde où les prodiges les plus étonnants paraissent naturels (p. 249-252, 360-361), la féerie aussi a sa place. En marge ou à la place du monde réel que le roman prétend représenter, s'ouvre un domaine de « l'illusion » et des « fantasmagories », où une femme peut paraître « irréelle » et des enfants « féeriques » (p. 353, 437, 86). Le « beau grenier » de Manosque illustre ce passage à l'imaginaire pur. Angelo y voyait se mouvoir des « corps d'ombre », des « personnages d'ombres » (p. 173): « les rayons du soleil [...] faisaient vivre ces êtres étranges dans des mondes triangulaires » (p. 177).

15 Le Hussard sur le toit a-t-il un sens ?

L'ARRIÈRE-PLAN LÉGENDAIRE

Certains personnages semblent de purs symboles: ces femmes de Manosque « qui ressemblaient à des Junon et des Minerve » (p. 241), ou Lavinia, assez belle « pour personnifier Diane, ou la Sagesse, ou même l'archange Michel » (p. 271).

Le nom même de Lavinia rappelle l'*Énéide*[1] : elle est la fille du roi des Latins, qui la donne en mariage à Énée. Thérésa est la louve romaine, qui a nourri Rémus et Romulus[2] – Giuseppe et Angelo. Ezzia, mère du hussard, « C'est la Primavera » (p. 445) : l'allégorie du *Printemps*. Angelo, aux yeux de la nonne, est « l'envoyé » (p. 189), c'est-à-dire « l'ange » (du grec *aggelos* : le messager, ou l'envoyé). Angelo : l'angelot ? ou Lancelot ? Les chevaliers de la Table ronde sont eux aussi les modèles du hussard.

Ces allégories et ces figures mythiques forment un arrière-plan légendaire, et elles invitent à donner aux aventures du héros un sens symbolique ; mais sur ce sens, le romancier ne nous éclaire pas.

ÉNIGMES

Le roman pose plus de questions qu'il n'en résout. D'où vient Angelo, à la première page du roman ? Que va-t-il faire au château de Ser ? Quelle mission secrète l'appelle en Italie à la dernière page ? Où est alors le mari de Pauline, ce mystérieux marquis de Théus ? La rencontre d'Angelo et de Pauline est-elle sans lendemain ?

---

1. L'*Énéide* : poème épique de Virgile (71-19 av. J.-C.). Prince troyen en exil, Énée fonde sur le sol italien la ville de Lavinium.
2. Romulus : fondateur légendaire de la ville de Rome et meurtrier de son frère jumeau Rémus ; ils avaient été élevés par une louve.

La lecture de *Mort d'un personnage* (1948) nous permet de savoir que leur aventure a une suite. L'énigme du titre trouve sa solution au chapitre VI, quand le héros s'est réfugié sur les toits de Manosque. Mais la citation de Calderon[1] qui sert d'épigraphe au roman n'est jamais ni justifiée ni expliquée. La conversation des deux policiers de Manosque s'apparente à un jeu de devinettes. Quant aux propos « à bâtons rompus » du vieux docteur, ils manquent pour le moins de cohérence et de clarté.

Le style elliptique allusif et l'expression figurée contribuent à la difficulté de certaines pages. Il est évident que Giono entretient à dessein l'incertitude sur le sens. *Le Hussard sur le toit* est, délibérément, le contraire d'un roman clos sur un destin et sur une signification.

PESSIMISME ET HÉROÏSME

Nous retrouvons pourtant ici un schéma simple : celui du roman picaresque, et celui du conte voltairien qui en est la parodie : un voyageur va d'aventure en aventure, de rencontre en rencontre ; il observe les hommes et il les juge. Angelo est « candide » et « naïf » : « C'est un enfant », dit Pauline (p. 447, 271, 370). Il promène au milieu du choléra son regard ingénu, et il se heurte au monde tel qu'il est : « un pays infernal » (p. 90). Son voyage lui aura montré la cruauté du destin, la lâcheté des hommes, leur fourberie, leur cupidité.

L'expérience est amère. Angelo a appris le mépris, la défiance. Seules les âmes « sublimes » et « les êtres passionnés » (p. 175, 452) ont gardé son admiration : le petit Français, la nonne, Pauline. Lui même a su se préserver – du choléra comme de l'égoïsme. Le roman témoigne ainsi pour une certaine forme de romantisme en une époque de médiocrité ; et pour des valeurs héroïques en un temps – le nôtre – où le romancier regrette « la fin des héros[2] ».

---

1. « Serait-ce Catalina de Acosta qui va chercher sa statue ? » (*La Maison à deux portes*, deuxième journée, sc. XIII.) Calderon est un poète dramatique espagnol (1600-1681).
2. Jean Giono, « L'Écossais ou la fin des héros », dans *Les Récits de la demi-brigade*, 1972.

ÉLÉMENTS DE BIBLIOGRAPHIE

Le texte du roman

– Jean Giono, *Œuvres romanesques complètes*, Paris, Gallimard/ La Pléiade, tome IV, 1977.
On y trouvera *Le Hussard sur le toit,* texte présenté, établi et annoté par Pierre Citron (p. 237-635), mais aussi *Angelo, Mort d'un personnage* et *Le Bonheur fou.*
Notice générale sur le cycle du *Hussard,* p. 1113-1151 ; note sur la chronologie de l'action, p. 1153-1158. Au tome I, 1971, on trouvera une introduction générale de Robert Ricatte.

L'homme et l'œuvre

– Pierre Citron, *Giono,* 1895-1970, Paris, Éd. du Seuil, 1990.
Une information très précise sur la vie et la carrière de l'écrivain ; de précieuses analyses des œuvres. Sur *Le Hussard sur le toit,* voir p. 398-400, 421-424, 444-446.

Études et articles

– *Les Styles de Giono,* Actes du troisième colloque international Jean Giono, Aix-en-Provence, 7-10 juin 1989, Revue 20-50, Lille, 1990. Sur le langage de la mort dans l'œuvre de Giono, voir l'article de Béatrice Bonhomme, p. 177-189.

– *Obliques,* numéro spécial Giono, Nyons, 1992. Sur «Le paysage et les couleurs de la maladie dans *Le Hussard sur le toit* », voir p. 59-64 l'article de J. Gardes-Tamine et L. Victor. Une bibliographie très complète (1983-1992) p. 101-108.

– *Bulletin de l'Association des amis de Jean Giono*
• n° 25, juin 1986 : B. Bonhomme, « Le langage de la mort dans *Le Hussard sur le toit* ».
• n° 28, décembre 1987 : Marie-Anne Arnaud : « *Le Hussard sur le toit* ou les étapes d'un retour nostalgique ».

Sur le choléra

On pourra consulter R. Fasquelle, *Éléments de bactériologie médicale,* Flammarion, 1re éd. 1957, « Le vibrion cholérique ».
Le Hussard sur le toit est cité en référence, p. 172.

INDEX DES THÈMES ET DES NOTIONS

Les références renvoient aux pages du « Profil ».

LITTÉRATURE

TEXTES EXPLIQUÉS

160 **Apollinaire,** Alcools
131 **Balzac,** Le père Goriot
141/142 **Baudelaire,** Les fleurs du mal / Le spleen de Paris
135 **Camus,** L'étranger
159 **Camus,** La peste
143 **Flaubert,** L'éducation sentimentale
108 **Flaubert,** Madame Bovary
110 **Molière,** Dom Juan
166 **Musset,** Lorenzaccio
161 **Racine,** Phèdre
107 **Stendhal,** Le rouge et le noir
104 **Voltaire,** Candide
136 **Zola,** Germinal

ORAL DE FRANÇAIS

- **12 sujets corrigés**

167 **Baudelaire,** Les fleurs du mal
168 **Molière,** Dom Juan
175 **Flaubert,** Madame Bovary
176 **Voltaire,** Candide

- **Groupement de textes**

94 La nature : Rousseau et les romantiques
95 La fuite du temps
97 Voyage et exotisme au XIXe siècle
98 La critique de la société au XVIIIe siècle
106 La rencontre dans l'univers romanesque
111 L'autobiographie
130 Le héros romantique
137 Les débuts de roman
155 La critique de la guerre
174 Paris dans le roman au XIXe siècle

HISTOIRE LITTÉRAIRE

114/115 50 romans clés de la littérature française
119 Histoire de la littérature en France au XVIe siècle
120 Histoire de la littérature en France au XVIIe siècle
139/140 Histoire de la littérature en France au XVIIIe siècle
123/124 Histoire de la littérature et des idées en France au XIXe siècle
125/126 Histoire de la littérature et des idées en France au XXe siècle
128/129 Mémento de littérature française
151/152 Le théâtre, problématiques essentielles
174 25 pièces de théâtre de la littérature française
179/180 La tragédie racinienne
181/182 Le conte philosophique voltairien
183/184 Le roman d'apprentissage au XIXe siècle

PRATIQUE

100 EXERCICES

501 L'accord du participe passé
502 L'orthographe
503 La grammaire
504 Les fautes de français les plus courantes
505 Le vocabulaire
506 S'exprimer avec logique
507 Mieux rédiger
508 Les pièges de la ponctuation

EXPRESSION ÉCRITE ET ORALE

306 Trouvez le mot juste
307 Prendre la parole
310 Le compte rendu de lecture
311/312 Le français sans faute
323 Améliorez votre style, tome 1
365 Améliorez votre style, tome 2
342 Testez vos connaissances en vocabulaire
426 Testez vos connaissances en orthographe
390 500 fautes de français à éviter
391 Écrire avec logique et clarté
398 400 citations expliquées
415/416 Enrichissez votre vocabulaire
424 Du paragraphe à l'essai

EXAMENS

422/423 Les mots clés du français au bac
303/304 Le résumé de texte
417/418 Vers le commentaire composé
313/314 Du plan à la dissertation
324/325 Le commentaire de texte au baccalauréat
394 L'oral de français au bac
421 Pour étudier un poème
317/318 Bonnes copies de bac, Le commentaire composé
319/320 Bonnes copies de bac, Dissertation, essai
363/364 Bonnes copies de bac, Technique du résumé et de la discussion

PROFIL CASSETTE

601 **Stendhal,** Le rouge et le noir
602 **Balzac,** Le père Goriot
603 **Voltaire,** Candide
604 **Baudelaire,** Les fleurs du mal
605 **Molière,** Dom Juan
606 **Racine,** Phèdre

Imprimé en France par l'Imprimerie Hérissey - 27000 Évreux
Dépôt légal : 9762-08-95 - N° d'impression : 70090